中印一家亲

父亲谭云山和我的经历

[美] 谭中　著

新世界出版社
NEW WORLD PRESS

图书在版编目（CIP）数据

中印一家亲：父亲谭云山和我的经历 /（美）谭中著. -- 北京：新世界出版社，2024. 11. -- ISBN 978-7-5104-7438-5

I . I712.55

中国国家版本馆 CIP 数据核字第 2024QS4726 号

中印一家亲：父亲谭云山和我的经历

作　　者：[美] 谭中
责任编辑：崔舒琪
装帧设计：魏芳芳
责任校对：宣　慧　张杰楠
责任印制：王宝根
出　　版：新世界出版社
网　　址：http://www.nwp.com.cn
社　　址：北京西城区百万庄大街 24 号（100037）
发 行 部：(010)6899 5968（电话） (010)6899 0635（电话）
总 编 室：(010)6899 5424（电话） (010)6832 6679（传真）
版 权 部：+8610 6899 6306（电话）nwpcd@sina.com（电邮）
印　　刷：北京虎彩文化传播有限公司
经　　销：新华书店
开　　本：787mm × 1092mm　1/16　尺寸：170mm × 240mm
字　　数：134 千字　　　　　　　印张：16.5
版　　次：2024 年 11 月第 1 版　2024 年 11 月第 1 次印刷
书　　号：ISBN 978-7-5104-7438-5
定　　价：68.00 元

自 序

亲爱的读者们，我写这本书是经过一番犹豫的。世界各国名流干了一番轰轰烈烈的事业以后写出自传或备忘录，使人们大开眼界，我这庸碌之辈似乎没有资格。亲爱的读者们，你们将要看到的文字像传记却称不上传记。那是什么呢？孔夫子2000多年前站在河旁感叹“逝者如斯夫，不舍昼夜”[1]，我把自己活了90多年的人生比作长河，你们现在看到的这本书就是我的“逝者如斯”的简单汇报。如果你们觉得有意思，那是因为它围绕着“中印一家亲”这个重要课题。

1928年6月，我作为谭云山的种子来到人间（10个月以后才呱呱坠地），父亲谭云山马上动身去了印度，到达印度时被当作中国文明的使者受到欢迎。1955年我到达印度时的环境也是类似的。1967年父亲退休，1971年我担任德里大学中国研究系主任。印度官方与

[1] 出自孔子《论语·子罕》，形容时间像流水一样不停地流逝，一去不复返。

民间把对谭云山中文水平的信任与了解中国的重任逐渐转移到我身上，我作为谭云山的长子把他的精神遗产继承了，使得谭云山 90 多年前开创的“中印一家亲”道路没有因为他 1983 年去世而荒芜。我从父亲手中接过棒，成为在印度中国学领域领跑队的成员之一。

我虽然在 20 世纪末退休并定居美国，但从来没有退出由泰戈尔与谭云山开创的联合中印两大文明实现“天下一家”理想的大业。谭云山入印 90 周年使我平庸的“逝者如斯”有了意义。谭云山开创了“中印一家亲”道路，做出一些显著的成绩，他身心的每个细胞都发出“中印一家亲”的异彩，可惜他没有留下自传或备忘录，他那“中印一家亲”的异彩随着他的逝世而永远消失了。这“中印一家亲”的异彩在我身上也有，我应该避免让它在我死后消失，所以应该用文字记录下来。这就构成了我写自己的“逝者如斯”的动机。

亲爱的读者们，请别误会。我不是说谭某父子两代象征了“中印一家亲”道路。我也不同意那种认为拓宽“中印一家亲”道路绕不开谭云山父子的说法。“中印一家亲”不是什么人的私有财产或专利。“中印一家亲”是历史发展规律，是时代的必然走向。谭氏父子只不过是“中印一家亲”道路上的先行者，单靠两个人四条腿是走不出康庄大道的。现在的问题是走在这条路上的人太少，应该动员越来越多的人参加，这也是我写这本书的目的。

因为很少有人提倡，“中印一家亲”这个概念在中国还不普及。当前中国和印度的关系也时有波折，使人们很难想到“中印一家亲”的方向上去。泰戈尔说，作为诗人，他的任务是要聆听生活中那些常人听不见的声音，把它们播送给常人。我写这本书正是希望对一种常人听不见的声音做一点传播。父亲谭云山的家训加上我从梁启超、陈寅恪、向达、季羡林等大师的著作中得到的领悟，使我有了“中印一家亲”的理性知识。我在印度生活了45年，从亲身经历中得到“中印一家亲”的感性知识。这样，我写这本书就动力十足。

2017年11月，印度和平乡国际大学举行盛大的庆祝中国学院创办80周年与谭云山入印90周年的国际学术会议，特别邀请我参加。参加这一盛会的有50多位中国学者，许多都很年轻。长江后浪推前浪，中印民间交往已经形成较大气候。

2018年11月，与我65年同甘共苦、相依为命的终身伴侣黄绮淑（1932—2018）去世，中印两国许多亲朋好友发来悼词，交口称赞她不想自己，只顾别人的美德，使我这个摆脱不掉“我执”（梵文“atma-graha”）的老朽顿开茅塞，清醒地意识到自己一生的事业成就有爱人绮淑的巨大投入。

印度友人梅农（Shivshankar Menon，曾任印度总理曼莫汉·辛格内阁的国家安全顾问）是20世纪60年代末我们教的德里大学中文班学生。他在悼词中这样回忆黄绮淑：“对我们大家来说，她不只是老师。她的以身作则以及对我们的勉励对我们的影响是如此之大。在我们成长的阶段，她经常帮助我们，指导我们，提醒我们重视生活要义，更使我们体会中国文化活生生的美丽。”[1]

亲爱的读者们，印度友人（学生）寄来的这几句话——他内心深藏的半个多世纪以前的回忆——使我既兴奋又惭愧。我在印度主要的业绩是教中文与介绍中国文化。20世纪60年代德里大学中文班是我创办的，因为有点成绩使我也出了名。当时爱人绮淑帮忙——不，应该说那是爱人绮淑和我的共同业绩！上文中梅农所

[1] 原文为：She was more than a teacher to us all, and both by example and what she said influenced us all so profoundly. At a formative stage of our lives, she was always there to help us, guide us, and tell us what was important, and to show us the true beauty of Chinese culture in its lived form.

描写的事情，我本来是应该知道的，可我直到现在才知道。我心里想，当时如果没有爱人绮淑对学生梅农和其他人的那种感染力，我是否会在印度出名还得打个问号。也就是说，她实际上是我一生事业光明的电源。

这样看来，我的“逝者如斯”是我和爱人绮淑共同的“逝者如斯”，我没有把它藏之于己的权利，只有把它公之于世的义务。我的“逝者如斯”就非写不可了。

亲爱的读者们，我在书中写的都是真人真事，再加一些照片作为证据。照片是照相机的产品（不出于我的头脑），它既不隐瞒，又不捏造；增加了事实的可信度，减少了文字的枯燥性。有了照片就有了故事的参与感与形象化。请你们翻翻看看吧！

目　录

第一章　“不归玄奘”谭云山

父亲谭云山（1898—1983），19世纪末出生于湖南省茶陵县的农村。湖南地处长江流域中游的黄金地段，有可能是地球上最早开发“稻米文化”的地区，可是在几千年中国文明的历史上却没有拔尖的贡献，没起过带头的作用，属于中国文明的边缘地区。一簇火焰，边缘的温度高于中心。近现代湖南人“救国”热情特别高，也可能和地区的边缘效应有关。

谭云山的出生地茶陵县也有两大特点。第一大特点是文化底蕴。俗话说中国人都是炎黄子孙，炎帝在南，黄帝在北。茶陵可能是炎帝的故乡。茶陵古时叫“茶王城”，“茶王”就是神农。神农也是传说人物，炎帝和神农可能是一码事。传说是没法梳理的，最多只能显示茶陵有相当的文明根底。茶陵的第二大特点是在现代中国革命运动中起着先锋作用。亲爱的读者们，你们如果去井冈山游览革命圣地，看看牺牲的烈士名单，会发现有很多烈士是茶陵人。

谭云山就是在这样的土壤中生长出来的，逃不了茶陵的土香土气，但是他的特点是不断超越。我想可以用“顺应发展、努力奋斗”这八个字来总结他从无到有、从平凡到不平凡的一生。

按照家谱，谭云山属于“启”字辈。上面有两个比他大十多岁的哥哥，名字是“谭启财”和“谭启丁”，透露出农民传统的发财致富、人丁兴旺的愿景。谭云山是“满崽”（最小的儿子），取名“谭启秀”，带有希望他当秀才的意愿。父母给了“启秀”的名，又给了“联科”的字号，也带有希望他中科举的意愿。父母早逝，父亲的砚友彭蔚仁（又名彭先德）送他上学时为他取名“绍书”。后来他考进长沙的湖南第一师范学校，自己改名“谭云山”。

谭云山在长沙就读于湖南第一师范时有两位同学好友，一是夏曦（1901—1936），另一位是郭亮（1901—1928）。两人都是热血滔滔的革命青年、烈士。谭云山受他们的影响是很大的。

1924 年他离开长沙去南洋教书时，不是径直奔赴目的地，而是一路去祖国名胜观光，作了参观各地的《南游途中》诗共20篇，后来于1926年1月至3月在《叻报》的《星光》副刊上陆续发表，其中《过武昌忆黄鹤楼》一诗（发表于1926年1月11日《叻报》的《星光》副刊）是这样写的：

才下火车又登船，武昌轻过一瞬间；
年前最爱登临处，不得一停旧云山。

谭云山一到黄鹤楼就掉进崔颢那“白云千载空悠悠”的诗境中，那诗境就是这首诗中的“旧云山”，是他和中国文明融为一体的写照。作诗时他正要告别祖国，告别“旧”的谭云山，去创造新的自己了。

图1-1是家藏父亲谭云山最早的一张照片，是他刚到马来西亚[1]时拍的。他在马来西亚只待了4年，除了在华侨子弟学校教书以外，还活跃于文坛。孙中山曾经在新加坡办了宣传他革命运动的喉舌《国民日报》（1914年创刊，至1919年

---

[1] 当时还是英殖民地“马来亚”。马来亚（Malaya），是马来西亚联邦西部土地（即位于马来半岛的部分）的旧称，又称西马来西亚，简称“西马”。

⊙ 图 1-1 谭云山早年照片

停刊）。1919 年它换了面貌成为《新国民日报》。谭云山去了新加坡，为《新国民日报》创办了《沙漠田》文艺副刊。这以前，他曾经为新加坡《叻报》创办《星光》文艺副刊，名噪一时。

我还记得 1966 年，父亲谭云山以专家身份参加德里大学为刚刚成立的中国研究系征聘教授而举行的面试会议，会后他和另一位专家、时任印度外交部东亚司副司长（后来成为印度总统）的纳拉亚南（K.R. Narayanan）攀谈。纳拉亚南问起他当年和毛泽东做同学的情况。谭云山说："们分别了！"当时在场的德里大学文学院院斯古普多（R.K. Dasgupta）插了一句"一'saint（圣哲）'"（影射谭云山超脱凡俗个成了'prophet（先知）'"（影射毛泽先知）。

亲爱的读者们，父亲云山被人奘"，我被顺水推舟称为"现代玄光彩！可是我冷静思索：谭云山没回国干出一番轰轰烈烈的事业，没有像玄奘翻译佛教经典、让印度的文明精髓在中国知识界传播，没有像玄奘奏请建造西安大雁塔，流芳百世。如果把两人归于同类，最多只能说他们同是

“中印一家亲”的旗手，同为增进中印友谊做出了较大贡献。玄奘出国总共 17 年，大部分时间在印度周游，在那烂陀寺待了好几年。谭云山从 1928 年到达印度一直到 1983 年逝世的 55 年中，半个世纪住在印度，绝大部分时间在泰戈尔的和平乡生活，在佛陀成道的菩提场去世。我想，形容谭云山为“不归玄奘”可能更加确切。谭云山虽然不能与玄奘齐名，在中印交往史上也永远不会被人遗忘。

谭云山入印这 90 年是中国和印度民间交往大力展开的时期。谭云山是这一时期的开创者。人们把他比作玄奘是因为他不但像玄奘那样把印度当作“取经”的圣地，不但仿效印度圣哲的榜样、发扬国际主义“天下一家”（梵文作“vasudhaiva kutumbakam”）的理想，而且在中印两大文明衰弱的时刻，振臂一呼，唤醒中印文明的活力，唤醒中印之间的亲邻关系，从民间来推动中国和印度加入时代进步的行列，把泰戈尔形容的历史上中印交往的“朝圣时代”在 20 世纪恢复起来。

中印交往在 1924 年发生了一件大事，那就是印度大文豪泰戈尔（Rabindranath Tagore，

1861—1941）到中国各地访问讲演，时间长达 49 天（4 月 12 日至 5 月 30 日）之久。那是一个中国文化新陈代谢的关键时刻。中国知识精英的思维在西方现代文明的猛烈冲击下，眼花缭乱、莫衷一是。当时看不起印度“亡国奴”的中国知识界却被印度的诗人泰戈尔打破西方垄断而获得诺贝尔奖的消息震撼。长期受到西方贬抑、丑化的中国知识精英，希望把泰戈尔的点金术学到手，“泰戈尔热”在中国风行一时。使泰戈尔荣获诺贝尔奖的《吉檀迦利》（*Gitanjali*）实际上是向西方知识精英展示东方（印度）文明的精神魅力，从而起了冲击西方文化优越感、帮助东方恢复文明自信的客观作用。他在中国讲演的主要目的就是使中印两大东方文明发扬传统智慧，携手阔步进入世界文明的主流。这一主张对当时中国知识界来说太超前了，没能在中国立竿见影。

谭云山响应湖南第一师范校友毛泽东提倡的去法国“勤工俭学”运动，但一时筹不足路费。1924 年，他去南洋教书与办报。1927 年在新加坡遇到他毕生敬仰的泰戈尔，两人一见如故。泰戈尔邀请谭云山去国际大学教书，谭云山满口答应，第二年就去了印度，走上了“不归玄奘”的征途。

父亲是性情中人，具有湖南性格，讲信用、讲义气。他在长沙念书注重国学与佛学，对印度文明的景仰自然形成。当代印度“圣雄”甘地以“我不入地狱谁入地狱”的菩萨精神领导独立运动，父亲非常佩服。泰戈尔宣扬印度传统文明精神而名扬西方各国，开创了东方人与西方精英平起平坐的先例，父亲对他极为尊敬。见了泰戈尔以后，谭云山打消了原来要去欧洲的计划。近代诗人苏曼殊（1884—1918）仿效玄奘“白马投荒”出访印度，父亲把“勤工俭学”的目的改为“白马投荒”（关注泰戈尔的中国知识精英常以此自勉），于1928年进入“西天”印度。

1928年和1924年相隔只有4年。1928年谭云山进入印度，使得1924年展开的中印两大文明对话继续，对话的中心点却迁移到印度孟加拉邦泰戈尔的学园国际大学 Visva-Bharati 所在地和平乡，也称圣蒂尼克坦（Santiniketan）。谭云山孤军奋斗成功，1933年在中国首先发起中印学会（英文名 Sino-Indian Cultural Society，泰戈尔给的名字。1935年，中印学会在中国正式成立），争取到中国重要人物加入中印学会，出资在和平乡建立中国学院。这个中国学院又成为在印度展开中国学的急先锋。更重要的是：泰戈尔提倡的联合中印两大文明共同进入新时代的事业由谭云山传承与发扬，这 90 年来不断向前发展，形成一股洪流。

谭云山曾经计划退休后出一本名为《我在中印之间》的书，但没有实现，因为他从 1967 年退休到 1983 年去世的 16 年中投入了全部精力，想在印度比哈尔邦佛陀成道的菩提场（Bodhgaya）建立一所世界佛学苑（World Buddhist Academy），最后没有成功。世界佛学苑没有办成是一大遗憾，而谭云山脑子里的《我在中印之间》没有问世，是更大的损失。季羡林曾经赞誉谭云山为“金桥”，听起来有点过奖，实际上是很恰当的。印度独立以前，社会名流都聚拢在泰戈尔的和平乡，谭云山近水楼台先得月，他在 20 世纪 30 年代与 40 年代结识的许多好友后来都成为独立后印度政府的要员（其中印度总理尼赫鲁和他的友谊特别深厚）。谭云山年轻时就读湖南第一师范，和毛泽东主席同校，曾经是毛主席“粉丝”小圈子中的一员。谭云山当然有资格在中印两国政府之间搭起“金桥”。但是他对政治活动缺乏兴趣而没有涉足中印外交领域。无论如何，他对中印关系的了解是很深的，掌握过许多外界得不到的信息。如果能写出书来，会是极为珍贵的参考资料。谭云山在民国时期曾经和中国政府领导人接触很多，1939年尼赫鲁首次访华是他具体安排的。他还安排了1942年蒋介石夫妇访问印度和当时身为独立运动领袖的尼赫鲁举行会谈。如果谭云山出了《我在中印之间》这本书，把从中华民国到中华人民共和国期间他参与过的中印之间的重大事件做出详细叙述，必然会透露出许多鲜为人知的幕后信息。可惜这本书没有问世，珍贵的历史信息随着他离开了我们的世界。

父亲谭云山的“中印一家亲”事业是对泰戈尔理想的传承与发扬。在他之前，张闻天（1900—1976）、郑振铎（1898—1958）等人早就发现泰戈尔的独特伟大之处。张闻天刊载于《小说月报》13卷2号（1922年2月10日）的《泰戈尔对于印度和世界的使命》一文就指出：“泰戈尔是印度精灵的结晶。”他阐述了泰戈尔的观点是“艺术就是生命的表现”，“艺术的功用就在解放人生”。当时只有22岁的中国革命青年张闻天把泰戈尔看成“解放人生”的文化“革命”者，这是印度朋友都会觉得新奇的。

1924年泰戈尔访华是中印两大古文明的现代

大会师，它的重大意义与深远影响尚待当代学者好好研究。泰戈尔在中国讲演时强调了东方文明的伟大。他在北京的一次讲演中说："在过去，东方和西方的伟大文明曾经欣欣向荣，因为它们能够永恒地为人们产生精神食粮。"[1] 他在北京的另一次讲演中说："如果我这次访华能使中国更靠近印度，印度更靠近中国，我会感到荣幸，我们不为政治或经济的目的，只为人类的爱心。"[2]

泰戈尔于 1924 年 4 月 13 日在上海的首场欢迎会上说："作为诗人，我的任务是把尚未听见的声音吸引过来，去勉励人们对尚未完成的梦想坚定信念。"[3] 泰戈尔在世时，"中印一家亲"是个"尚未听见的声音"。泰戈尔的"尚未完成的梦想"

---

[1] 出自达斯（Sisir Kumar Das）编的《泰戈尔在华讲演集》（*Rabindranath Tagore: Talks in China*），1999 年国际大学出版，94 页。原文为：Great civilizations in the East as well as in the West, have flourished in the past because they produced food for the spirit of man for all time.

[2] 出自达斯（Sisir Kumar Das）编的《泰戈尔在华讲演集》（*Rabindranath Tagore: Talks in China*），1999 年国际大学出版，50 页。原文为：I shall consider myself fortunate if, through this visit, China comes nearer to India and India to China, for no political or commercial purpose, but for disinterested human love and nothing else.

[3] 出自达斯（Sisir Kumar Das）编的《泰戈尔在华讲演集》（*Rabindranath Tagore: Talks in China*），1999 年国际大学出版，47 页。原文为：A poet's mission is to attract the voice which is yet inaudible in the air; to inspire faith in the dream which is unfulfilled.

是在印度和平乡建立世界鸟巢大学（即国际大学 Visva-Bharati）。他于 1924 年访华的目的之一就是吸引“中国鸟”率先进入他的世界鸟巢大学。他在清华大学对以梁启超为首的知识精英说，他的学术机构的理想是“不同国家与语言的人们走到一起的兄弟情怀”（of brotherhood, where men of different countries and different languages can come together）。他希望把这一任务授给中国知识精英。他说，你们中间只要有一个人接受这一任务我就满足了。[1] 可是 1924 年的访华没能使泰戈尔满足，因为没有中国知识精英站出来接受他的任务。1924 年正是谭云山出国到南洋的那一年，谭云山不在欢迎泰戈尔访华的听众行列，没有得到泰戈尔传授“中印一家亲”任务的信息。1927 年谭云山在新加坡和泰戈尔单独见面时得到这一信息以后，立刻不假思索地接受了。泰戈尔殷切盼望的接受他的任务的那一个中国知识精英最后出现了，泰戈尔也终于“满足”了。

当代海外华裔学术权威，曾任澳大利亚国立

[1] 出自达斯（Sisir Kumar Das）编的《泰戈尔在华讲演集》（*Rabindranath Tagore: Talks in China*），1999 年国际大学出版，77 页。原文为：If I find even one among you who accepts it I shall be happy.

大学东亚研究系主任、香港大学校长，现在是新加坡国立大学元老、新加坡政府智囊的王赓武告诉我，1927 年他父亲在新加坡教书，泰戈尔访问新加坡及东南亚其他地方引起社会轰动。泰戈尔一见到谭云山就邀请他去国际大学教书，也使大家感到仰慕与羡慕。谭云山和泰戈尔可谓有缘，是“中印一家亲”的缘。

泰戈尔对谭云山到和平乡来后的“满足”有两方面。第一方面是他把谭云山当作中国来的使者，使者来了就使“中印一家亲”成为现实。第二方面是他信任谭云山，认为谭云山接受了他的任务后会有所作为。

图 1-2 是谭云山到和平乡不久后和泰戈尔的合影，照片下方有泰戈尔的签字。泰戈尔比谭云山大 37 岁，是一代人的年龄差距。可是在泰戈尔的学园里不分辈分差别，大家一律平等，年长的男性被称为“兄”（da），年长的女性则被称为“姐”（di）。大家叫泰戈尔“罗比兄”（Rabida），谭云山也叫泰戈尔“罗比兄”。泰戈尔把谭云山当作亲人看待，我们从这张照片上也可以看出。它是在天气凉爽的季节里，于泰戈尔住宅外拍的。泰戈尔穿的是平常在家中穿的袍子，谭云山穿的

⊙ 图 1-2 谭云山（后）与泰戈尔（前）在印度的合影

是自己设计、由加尔各答中国裁缝特制的半中半印式服装。坐在地上的是服侍泰戈尔数十年的老用人，一定是在他搀扶了泰戈尔、安排好椅子后，泰戈尔要他合影，而他坚持坐地，显示出“一家亲”风味。

泰戈尔把谭云山当作中国来的使者，年纪轻轻、没有响亮学历招牌的谭云山一到和平乡就成为校园中资深老师群的一员，更受到贵宾待遇，住校内唯一的招待所“塔塔馆（Tata Building），又称拉丹馆（Ratan kuthi）”[1]。泰戈尔吩咐厨房特别为我父亲做高级英国餐。父亲看到大学资深教师生活十分朴素，因此坚持吃普通的印度餐，这曾经有过一段适应的过程，可以从他当时写的幽默打油诗中看出：

拭盆如扫地，倒饭似打铃；
番薯杂木叶，咖喱和豆羹。
临餐思往哲，饭后想穷民；
有食原足乐，未可云苦辛。

[1]　为著名印度民族资本家塔塔（Ratan Tata）捐款所建，现在仍是大学贵宾招待所。

“拭盆如扫地”是形容服务员对餐具卫生不太讲究。“倒饭似打铃”是形容米饭又硬又冷。“番薯杂木叶，咖喱和豆羹”指的是印度普通的菜蔬是土豆（“番薯”在此处指的是土豆）和豆子汤，当时和平乡的伙食亦如此。稍微讲究一点就有“咖喱”羊肉或鱼，那是蛮不错了，但对中国饮食水平来说就算不了什么。读者们可以看出，谭云山作诗自勉，克服了生活中的小小困难。

亲爱的读者们，我父亲谭云山和母亲陈乃蔚（见图 1-3，下一章详细介绍）彼此十分恩爱。可是他们在马来西亚结婚不久就成了牛郎织女。你们也许不知道，1921 年泰戈尔创办国际大学，理想宏伟，经费却拮据。学校绝大多数老师都是他的好友与仰慕者，不拿工资，由校方供给食宿。谭云山也是泰戈尔的热忱仰慕者，是抱着奉献精神去的，当然也不取报酬。他需要我母亲挣钱供他在印度旅行、访问等活动。他出手大方，我母亲在马来西亚当小学校长的积蓄还不够他花的，在同一学校当教员的未婚姨母也贡献出自己的积蓄。这就是当初母亲只能留在马来西亚、不能和父亲一同去印度的主要原因。父亲刚到印度就接到母亲 10 页密密麻麻几千字的信，看了以后极

⊙ 图 1-3 谭云山与陈乃蔚的结婚照

为感动，写了一首诗。1980 年母亲过世时，父亲把那首诗找出来，由我用繁体字正楷抄下来，镶上镜框，挂在书房里，现在捐给了国际大学。图 1-4 是我手捧镜框的留念。

⊙ 图 1-4 谭中手捧镜框留念（镜框中为其抄写的谭云山寄妻诗）

这首诗的开头八句是：

得君十纸书，绵绵数千语。
语重言且长，读后泪如雨。
我是汝的我，汝是我的汝。
生命原一个，不过两形体。

“我是汝的我，汝是我的汝”，人间还有比这更深厚的感情吗？！“生命原一个，不过两形体”，这话引的是印度文明基本的整体观念。生命只有一个（别的生命也是自己的生命，伤害了别的生命就是伤害自己的生命），神只有一个（却有许多化身）。这就是“中印一家亲”的基本理论根据。

1929 年 4 月我在巴株巴辖诞生，为父亲的事业增添了养育儿女的责任。在当时的环境中，母亲也由于养育儿女不能继续担任校长管好一所小学。无论如何，父母把我的出生当作一件大喜事。父亲回到母亲身边，又在学校的假期把母亲和我（还有当时尚未结婚的姨母）接到和平乡小住。虽然我为父母亲的生活方式带来变数，却不影响谭云山对“中印一家亲”事业的投入。对我来说，我是在父亲谭云山“中印一家亲”事业早期出世的，我的“中印一家亲”事业的命运是与生俱来的。

图 1-5 和图 1-6 这两张照片是在同一地点拍的，时间相差了 84 年。图 1-6 单身照中的人是 84 岁的我，在图 1-5 的团体照中，我才两个多月，被母亲抱在怀里。站在母亲右边的是我父亲。站在母亲左边的是我的未婚姨母。拍照片的地点是和平乡泰戈尔的住所大门口。母亲和姨母穿的是当时海外华人的衣着，父亲穿的却是印度装。

那次拜谒泰戈尔，喜欢儿童的泰翁见到我这个中国婴儿十分高兴，给我取了印度名字 Ashoka（阿输迦）。这事是我长大以后父母告诉我的，我小时候在中国长大，一点也不知道，知道了也没法用这个富有历史意义的名字。1955 年我拿了“谭中 Tan Chung”名字的护照进入印度，上了印度政府档案，改名字不是易事，我从来没有把泰戈尔赐予的 Ashoka 印在自己的名片上，但心里是装有它的。“Ashoka Tan 谭阿输迦”这个“中印一家亲”的标志扎根于我心中，通过我的嘴巴和笔杆时常以隐身术亮相。

见了泰戈尔以后小住几个星期，母亲又和姨母抱着我回马来西亚了。第二年我 1 岁，母亲抱

⊙ 图 1-5 谭云山一家在泰戈尔故居前留影（1929 年）

⊙ 图 1-6 谭中在泰戈尔故居前留影（2013 年）

着我回国，父亲却一直在国际大学干出一番事业。1939 年母亲也从中国来到这和平乡圣蒂尼克坦，把当地人民亲热称呼的“谭先生家”（Tan shahib bali）建立起来。1955 年我和新婚的爱人黄绮淑也来到这里与父母弟妹团聚。此后不管在哪里工作，我都以此地为家，一直到 20 世纪 80 年代父母过世为止。2013 年我趁参加国际会议的机会又到襁褓时期留影过的地点再一次拍照留念。84 年呀！多么漫长，又多么短促！如果不去追踪我体内的时钟见证的数不清的人世花絮，生命就真是昙花一现。

这两张照片就像我人生征途的两块里程碑，我望着它们，往事一幕一幕地涌现在脑海。记得 2013 年在第二张照片拍过以后，我和一群中国学者到国际大学泰戈尔博物馆会议室去参加一个由大学校长主持的会议。猝然间，国际大学校长要我讲几句话。我没有思想准备，即兴说出 84 年前我两个多月大时曾在这里见过泰戈尔。校长立刻发问：“你能记得两个月大时的往事吗？”我当然不能，当然是事后父母告诉我的。我记起了 1955 年刚到和平乡时，有位 60 岁左右的中国学员、学者 Sujit Mukherjee 说，他还记得我 1929

年的那次访问。这使我一到和平乡就好像回到故地一般。很多年以后，我才在家中珍藏的相册上看到图 1-5 这张照片。它也是我所看到的父亲到和平乡最早的照片。

母亲要认真担负起“母亲”的职责，就辞去了小学校长职务，离开马来西亚，带着我回到中国，父亲也经常回国把家小安顿妥善。他也趁此机会在国内写文章、讲演，向国人介绍印度，宣传泰戈尔“中印一家亲”的理想。20 世纪 30 年代初他出的《印度周游记》和《印度丛谈》很受读者欢迎，后来成为研究印度的大学生的启蒙读物。他是个心怀壮志的年轻学者，在 1931 年离开和平乡以前已经胸有成竹，立志要帮助泰戈尔把中国学院建立起来。他没有大声张扬，但他的亲近友人克蒂莫亨·沈（Kshitimohan Sen，1880—1960）是知情的。我想向读者们简单汇报一下谭云山和克蒂莫亨·沈的关系。

图 1-7 和图 1-8 是两张克蒂莫亨·沈的照片，图 1-8 是在 1924 年泰戈尔访华时摄于北京，徐志摩在后排左一，林徽音（前排左一）在泰戈尔身旁，沈在二排左一。1928 年谭云山到达印度加尔各答后，就是由国际大学主要教务负责人之

⊙ 图 1-7 克蒂莫亨·沈

⊙ 图 1-8 泰戈尔与克蒂莫亨·沈（二排左一）等在北京留影（1924 年）

一克蒂莫亨·沈接到和平乡校园去的。其后，他主要是和沈联系，两人之间亲密无间，互相学习彼此的语言与文化。1931 年谭云山回国前曾和沈长谈，把自己准备到中国去争取财力支援中国学院建立的打算说了出来。中国学院建立以后，沈对谭更为佩服。沈退休后仍然住在和平乡，两人交往不断。1939 年，母亲到了和平乡以后，和克蒂莫亨·沈的夫人情同姐妹。当年母亲生妹妹谭元，乡下没有产科医院，就在家里分娩，沈夫人当接生婆。谭元生下，泰戈尔为她取了印度名字

Chameli（嘉美丽），她从小至今都用这个名字。毕竟克蒂莫亨·沈夫妇比我父母年长，沈老过世以后夫人仍健在，常来我家走走，父母都叫她“Mashima”（阿姨）。谭沈两家的关系可称“中印一家亲”的典范。

顺便谈谈我与克蒂莫亨·沈的外孙阿莫尔多·沈（Amartya Sen）的友谊。我是根据他名字的印度（孟加拉）发音翻译的。一般人根据他英文名字字面翻译成“阿马蒂亚·森”。他是1998年荣获诺贝尔经济学奖的国际著名的经济学家，现任哈佛大学特级教授。和平乡一个小小的大学村庄出了两位诺贝尔奖得主（1913年泰戈尔获文学奖、1998年阿莫尔多·沈得经济学奖）也是很了不起的。有趣的是，离宣布阿莫尔多·沈得奖还剩1小时的时候，我正和印度总统府办公室主任甘地（Gopalkrishna Gandhi，圣雄甘地的孙儿）吃午餐（为印度总统纳拉亚南11月到和平乡主持谭云山诞辰百周年纪念大会准备讲演辞），闲聊到谭云山和克蒂莫亨·沈的友谊时，我说了一句发自肺腑的话：“希望阿莫尔多·沈获得诺贝尔奖！”两小时后，我在中国研究所开会，接到总统府办公室打来的电话：“阿莫尔多·沈果真获得了诺贝尔奖！”世上真有这么巧的事呀！

其实我和阿莫尔多·沈交往很少。1955 年我到和平乡时，从小在和平乡成长的阿莫尔多·沈已经去英国剑桥大学留学了。1964 年我在德里大学当中文讲师，他已经是德里大学经济系教授，几年后就去英国定居了。他每年都回和平乡小住（数十年如一日），因此我们偶尔会在和平乡会见，而且后来在新德里、哈佛大学、芝加哥和北京都见过面。他还特地在百忙中为我编的《泰戈尔与中国》写了一篇文章。他和我弟弟谭立从小在和平乡一起长大，是小学和中学同班同学。两人之间的友谊从未间断，一直到 2018 年谭立去世。

现在回过头来继续向读者汇报 1931 年以后父亲谭云山在中国的活动。他已经被公认为印度专家，到上海参加开明教育家易培基（1880—1937）、匡互生（1891—1933）等人办的“立达学园”，同时在上海和南京两地奔波，建立起中印学会，请到曾经当过北大校长、民国政府教育总长、当时是中央研究院院长的大名鼎鼎的蔡元培（1868—1940）做会长，戴季陶（1891—1949）、周谷城（1898—1996）、梁漱溟（1893—1988）、于右任（1879—1964）、太虚法师（1890—1947）、张道藩（1897—1968）、徐悲鸿（1895—1953）、陈立夫（1900—2001）、朱家骅（1893—1963）等社会名流与政府要员为赞助人与理事（蔡元培是理事会主席，戴季陶是监事会主席）。工作都由谭云山做，只是没有名义。这些名字中，最关键的是戴季陶。戴季陶本人信奉佛教，对加强中印交往特别热心。有了他的支持，谭云山实现泰戈尔的梦想的雄心壮志终于实现了。

谭云山在和平乡时，泰戈尔就跟他谈及想筹集一笔钱在校园内建立中国学院的事，还说新加坡的华侨巨富胡文虎（1882—1954）曾经答应捐款。谭云山在新加坡待过，认识胡文虎，立刻向他写信，请他捐助 10 万光洋（当时印度卢比和英镑等值，和光洋的价值也不相上下）。胡文虎回信说，10 万光洋不过是"区区之数"，却始终没有拿出来。1933 年，谭云山由戴季陶引领谒见政府最高领袖蒋介石（1887—1975）。谭云山向两位政府首要介绍了泰戈尔与国际大学以及泰戈尔希望得到捐款建立中国学院的事，也提及胡文虎许诺捐款但未兑现。蒋介石当场说："没问题。"胡文虎说的"区区之数"不算数，蒋介石说的"没问题"真是没问题。谭云山立刻于 9 月从南京写信给泰戈尔说：

“自从离开印度以后，云山在您高贵精神激励下为印中文化融合竭尽全力，特别致力于宣扬圣蒂尼克坦的使命与理想，在中国文人中激起了巨大兴趣与同情。许多知名人士和云山正发起‘中印学会’，目的在于把我们两国的文化联合起来并恢复亲切、古老的历史情谊。已经有适当组织并在中国得到广泛同情的中印学会不久将正式建立。特此恳请您和圣蒂尼克坦的教授们从印度给予宝贵支持并且加入。以中印学会为基础，经过我们共同努力，定能实现您通过发扬东方文明来构造宇宙和平的伟大理想。

“很遗憾，由于胡文虎面临困境，因此他没有实现自己在圣蒂尼克坦建立中国学院的承诺。可是，当云山最近会见中国领导人蒋介石和考试院院长戴季陶时，他们答应了实现胡文虎所做的承诺。因此云山恳请指示建设中国学院的步骤以及大约的经费，所需的款项、书籍及其他装备。戴先生还愿意筹款在王舍城建立一所佛庙。请赐告经费的极限以及能否由戴先生自筹款项请圣蒂尼克坦代为兴建等。”

就这样，谭云山组建的中印学会募到了钱，

谭云山又亲自走访著名书局，募到上万册书（其中有珍贵的善本），然后回到和平乡，亲自主持中国学院的建设。

1937 年建立的中国学院是当时和平乡少有的一座高楼。泰戈尔为它起的印度名字是 Cheena-Bhavana，一般英译为 Chinese Hall，谭云山把它更确切地译作中国学院。

图 1-9 和图 1-10 象征谭云山和中国学院不可分割的关系。图 1-9 是在中国学院正门所拍，正门上方“中国学院”四个优美的正楷字是当时国民政府主席林森（1868—1943）的亲笔。图 1-10 是在中国学院后面，壁上“中国学院”四个同样优美的正楷字是国民政府考试院院长戴季陶的亲笔。这个地点是参观者、国际学术会议与中印民间交流的一大景点。可以这么说，如果没有谭云山就不会有这赫赫有名的印度中国学院，如果没有中国学院就不会有谭云山在中印之间的一番轰轰烈烈的事业。80 年来，中国学院为国际大学赢得极大名誉（如果没有它，国际大学的“国际”名声是不会这么响亮的）。印度访华的总统、总理、部长们在中国发表演说时总是喜欢引中国学院为中印友好的象征。近年来，北京大学、云南

⊙ 图 1-9 谭云山于中国学院正门留影

⊙ 图 1-10 谭云山于中国学院后留影

大学师生和中国学院师生交往频繁。现在中国教育部国家汉语教学办公室（“汉办”）帮助中国学院加强汉语教学。同学们个个都说标准而流利的中国话，唱中国流行歌曲。人们一到这里就呼吸到强烈的中国文化空气。

在泰戈尔的“国际会合”梦中，他急切寻求的是印度和中国这两大文明的会合。远在泰戈尔于 1913 年获得诺贝尔奖以前，他身边经常有英国人帮助他，这也说明英国把泰戈尔当作西方文明财富。但泰戈尔自己却认为印度属于东方文明。他 1941 年临终前的讲演《文明的危机》（*The Crisis of Civilization*）坦白地阐述了他对自己曾经敬仰的英国文明失去信心，最后道出自己的希望：“可能黎明会在地平线上出现，会在日出的东方出现。”（Perhaps that dawn will come from this horizon, from the East where the sun rises.）这“日出的东方”是指什么地方呢？一般认为可能指日本。泰戈尔对日本文明原来是非常敬佩的。可是 1937 年日本发动全面侵华战争后，泰戈尔非常失望。1938 年 11 月，泰戈尔写信给他的日本友人野口米次郎（1875—1947）说：“我深深感到痛苦，不仅因为关于中国人民受难的消息使我心灵痛楚，而且因为我再也不能骄傲地举出日本伟大的例子了！”（I suffer intensely not only because the reports of Chinese suffering batter against my heart, but because I can no longer point out with pride the example of a great Japan.）1941 年泰戈尔逝世时日本侵华战争并没有结束，泰戈尔对日本的彻底失望也没有改变。泰戈尔在《文明的危机》讲演中提到的“东方”指的当然是中国了。国际大学有了中国学院，谭云山一家住在和平乡，使得野口米次郎替日本军国主义涂脂抹粉的阴谋无法得逞，使泰戈尔打消了对日本文明的幻想，使“中印一家亲”根基更巩固。

今天圣蒂尼克坦的中国学院是当代中印友谊的象征，“谭云山是中国学院的创造者”这一说法也得到普遍承认。他对中国学院的贡献分为两个阶段。第一阶段是中国学院从筹备到建成完全由他埋头苦干、有实无名地无私奉献而诞生。他筹到款项以后，泰戈尔拨出校园一块中心地带作为中国学院校址。谭云山亲自参加到图纸设计、建筑监工、环境绿化的具体事务中。他把墙壁加厚，要使建筑千年不坏。他为中国学院募得“善本”经典。中国学院建成后，成为国际大学校园内最雄伟的建筑。正门上“中国学院”四个大字远远就可以看到，特别醒目。中国学院成立至今，参观游人络绎不绝。

第二阶段是从 1937 年中国学院建立一直到 1967 年谭云山退休，他作为创院院长被印度公众与 1947 年独立后的印度政府看成中国文明的使者。谭云山为中国学院筹集的雄厚资金使得很多著名中国专家学者来到印度访问、讲学、研究，其中著名人物有常任侠（1904—1996）以及吴晓玲（1914—1995）与石真夫妇等人。最有历史意义的是中国画家兼艺术教育家徐悲鸿（1895—1953）于1939至1940年的访问。

图1-11是1939年或1940年徐悲鸿和泰戈尔的合影。徐悲鸿的国际名字是Ju Peon，曾留学法国，是世界有名的画家。泰戈尔也爱好绘画，对他十分敬佩。46岁的徐悲鸿和79岁的泰戈尔意气相投。徐悲鸿于1939年12月在国际大学举行画展，泰戈尔在揭幕式上热情洋溢致辞欢迎，说出了“期待着历史力量在东方施展，把我们从四面袭来的黑暗中解放出来”（assertion of historical forces in the East that will save us from all the encroaching darkness）的高尚情感[1]。徐悲鸿同样热情洋溢地回答说：“圣蒂尼克坦符合我理想中的文化艺术中心。……为了呼吸创造能力的喜悦，全世界都应该来这里朝圣，直接接受伟大印

[1] 原文摘自达斯Sisir Kumar Das编的《泰戈尔的英文著作》（*The English Writings of Rabindranath Tagore*），新德里：印度政府“Sahitya Akademi文学院”出版，3册，850页。

⊙ 图 1-11 徐悲鸿（右）与泰戈尔于印度合影

度诗人的灵感。”[1] 两人的这番对话把“中印一家亲”推到世界大同的高度。

徐悲鸿有许多杰作都是在印度创作的。他画的火一般的大红花就是和平乡特有的木棉树的花朵。他在大吉岭创作的《愚公移山》，其中人物

[1] 英文为 Santiniketan is a place which corresponds to my ideal of a centre of art and culture. ...The whole world should make a pilgrimage here in order to breathe the joyful atmosphere of creative endeavour undertaken here under the direct inspiration of India's great poet. 摘自达斯 Sisir Kumar Das 编的《泰戈尔的英文著作》（*The English Writings of Rabindranath Tagore*），新德里：印度政府“Sahitya Akademi 文学院”出版，3 册，107 页。

都具有印度人形象特点。

在泰戈尔所有的画像中，徐悲鸿这幅以中国画的风格与技巧绘就的速写（见图 1-12）是最美丽的，它最生动地把一位爱人类、爱大自然的伟大诗人表现得惟妙惟肖。毋庸讳言，没有徐悲鸿那样炉火纯青、中西合璧的高超技巧是创造不出这幅不朽杰作的。还要看到，作画者不只是技巧高超，更是带着“朝圣”的心情，怀着“直接接受伟大印度诗人的灵感”的动机创作这幅艺术佳品的。这幅画已经成为“中印一家亲”的最精美、最完善的形象符号，将永远成为中印两大文明友谊的象征。家父谭云山经常说，泰戈尔是真正的“美髯公”，中国历代千千万万“美髯公”没有一个能与他媲美。徐悲鸿把这一特点完美地展现出来，比泰戈尔的照片更具有魅力。徐悲鸿举行画展时，“圣雄”甘地也来到圣蒂尼克坦，徐悲鸿也给甘地速写了肖像。

这幅徐悲鸿 1940 年画的谭云山木炭画肖像（见图 1-13，原件保存在深圳大学谭云山中印友谊馆）也是惟妙惟肖，比照片更生动地刻画出谭云山的性格。这张画像特殊的地方在于谭云山穿的是中国服装（好像是长袍），而不是他经常穿

⊙ 图 1-12 徐悲鸿为泰戈尔所作画像

⊙ 图 1-13 谭云山木炭画肖像（徐悲鸿作）

的印度服装（或者是他自己设计的中印合璧服装）。可以说，这张画像的目的是要突出谭云山是典型的中国知识分子。不知道这是谭云山的意思，还是徐悲鸿的意思。徐悲鸿比谭云山只大 3 岁。谭云山初出茅庐时，徐悲鸿早已国际闻名，是 1933 年谭云山筹组中印学会的积极赞助者。两人可算莫逆之交。

1939 年徐悲鸿到达圣蒂尼克坦时，父亲谭云山独自在印度生活，他在中国学院大楼里有一间书房和睡房，他把徐悲鸿安排在中国学院最大的一间房间里供他住宿和作画。那时中国学院后面有个小厨房和食堂，专供中国学者伙食，徐悲鸿也在那里搭伙，生活比较简朴。1939 年年底母亲带着我的弟妹来到，才把谭云山院长的“家”建立起来，才有可能对徐悲鸿的生活优待照顾。廖静文（1923—2015，起初是徐悲鸿的学生，徐悲鸿访印数年以后才成为徐悲鸿夫人）在 20 世纪 80 年代访问圣蒂尼克坦，看到中国学院的简朴就哭了起来，说：“真想不到当年徐悲鸿日子过得这么苦！”徐悲鸿到达圣蒂尼克坦的时候，廖静文刚刚加入徐悲鸿领导的美术学院，她对前辈不畏艰辛、开创“中印一家亲”伟业的决心与奉献精神可能体会得不那么深刻。徐悲鸿是谭云山筹建中印学会的热心支持者。他到圣蒂尼克坦，不仅是为了作画，也是为了帮助谭云山在印度开展中印文化交往。可惜他过世太早（才 58 岁），不然的话，他对中国学院的发展贡献会更大。

顺便向读者汇报一下徐悲鸿访问印度时和我四妹谭文（见图 1-14）交往的一点花絮。下面是当时的谭文和徐悲鸿为她画的两张画：

谭文 4 岁时跟母亲到达和平乡，住中国学院后边的季陶斋。当时中国学院住了徐悲鸿这位赫赫有名的大画家，她也很激动。傍晚时刻，徐悲鸿在屋子里作画，看到一个小姑娘站在门口（她就是谭文），手里还拿着一本小本子，立刻明白了她的来意。他就把谭文叫进屋里，在本子上画了一只猫（见图 1-15）。后来谭文又去了一次，徐悲鸿又画了一只鸡（见图 1-16）。这两张徐悲鸿的画就是从谭文的小本子上拍下来的。这本小

⊙ 图 1-14 谭云山的女儿谭文幼年照片

⊙ 图 1-15 徐悲鸿赠予谭文的画作（猫）

⊙ 图 1-16 徐悲鸿赠予谭文的画作（鸡）

本子，谭文珍藏了一生，现在保存在深圳大学谭云山中印友谊馆。

谭云山在圣蒂尼克坦的社会交往很广，和他交情最深的是泰戈尔晚期的秘书、从英国留学回来的钱达（Anil Kumar Chanda）先生。他比谭云山小 8 岁，却比谭云山早过世。

图 1-17 是 20 世纪 60 年代的钱达先生，图 1-18 是 20 世纪 30 年代钱达在听泰戈尔念诗。1941 年泰戈尔逝世后，钱达继续协助诗人的儿子小泰戈尔（Rathindranath Tagore，1888—1961）主持校务，和中国学院院长谭云山交往密切。1952 年他以国大党候选人资格参加印度首次大选，被选为国会人民院议员，担任外交部副

⊙ 图 1-17 钱达照片

⊙ 图 1-18 钱达（二排右一）聆听泰戈尔念诗

部长（部长由总理尼赫鲁兼任）。1957 年他又在大选中获胜，成为建筑、房屋与供应部（Works, Housing and Supply Ministry）副部长。其后未再竞选，却仍在国大党政府担任要职。他在外交部副部长任内曾经率领印度代表团参加联合国大会，并且率领印度友好代表团访问中国（1955 年）和苏联（1956 年）。他率团访问中国时给中国带来两件重要礼物：一是 50 株最优品种芒果树苗，二是后来在印度风行一时的《中印人民是兄弟》（Hindi-Chini Bhai Bhai，中国传媒译为《印地秦尼巴依巴依》）的印地语歌曲。1955 年印度歌舞表演在中国各地大受欢迎。每当唱出这首歌时，全场“中印一家亲”的热情就达到高潮。1957 年中国总理周恩来到印度各地访问，群众以“中印人民是兄弟 Hindi-Chini Bhai Bhai”的口号和歌声热烈欢迎他。现在，中印关系一出现友好或紧张现象，国际舆论都会亮出“Hindi-Chini Bhai Bhai”来，不管是赞许还是讽刺。

钱达夫妇和徐悲鸿也有过一段交情。1939 年徐悲鸿到了和平乡，父亲谭云山却要回国办理中国学院的事情（向戴季陶等领导人报告中国学院成立后的进展及要求中印学会——实际上是国民政府——继续拨给经费）以及把母亲和弟妹接到印度来。父亲就托好友钱达照顾徐悲鸿。钱达夫人爱好写作绘画，在家为徐悲鸿安排了一间画室，经常招待午餐。徐悲鸿有许多画留存在钱达家中。钱达先生逝世后，每次在暑假我和爱人绮淑到和平乡去探望待我俩像亲儿子、儿媳一样的钱达夫人，她总是说要把家中收藏的徐悲鸿的画拿出来给我看，可始终没实现。她逝世以后，后人不会保管，那些无价之宝现在都流散到国际市场了。

大概是 20 世纪 70 年代，钱达先生告诉我，以前父亲谭云山、尼赫鲁和他经常在一起。有一次他们三人在加尔各答一家中国餐馆用餐，尼赫鲁和钱达吃得特别满意，钱达还把那天的菜单保留了许多年。那时候尼赫鲁虽然是独立运动的领袖之一，也还是民间老百姓。

尼赫鲁是父亲谭云山生平最重要的友人，两人之间的友谊成为中印人文交流史上的佳话。

图 1-19 是 20 世纪 30 年代的谭云山、尼赫鲁和泰戈尔的合影，被当作象征中印两大文明亲切交往的珍贵文物，一直收藏在国际大学泰戈尔博物馆。尼赫鲁和泰戈尔有深厚的友谊，尼赫鲁经常去和平乡拜访泰戈尔，并且把独生女儿英迪

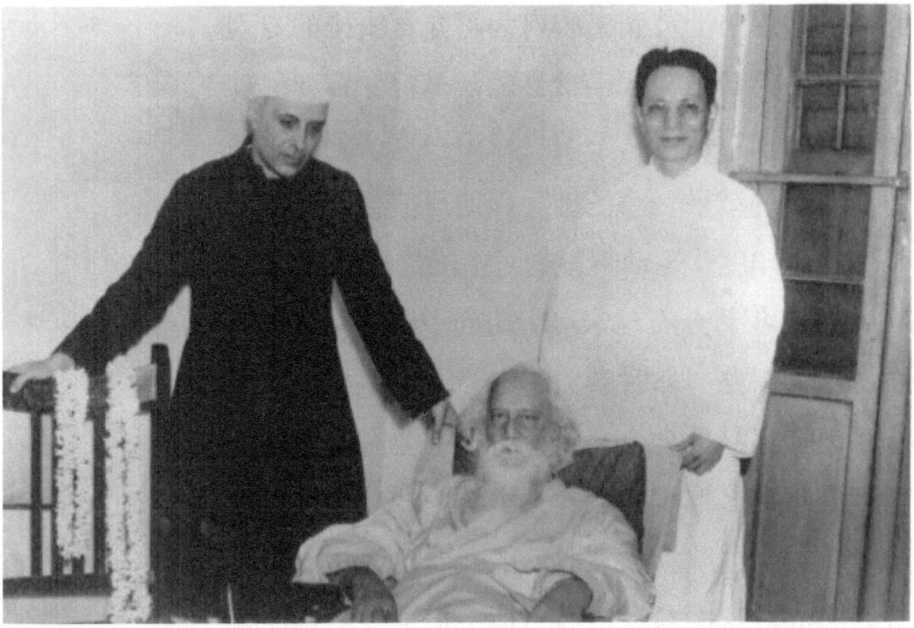

⊙ 图 1-19 谭云山（右）与泰戈尔和尼赫鲁（左）的合影

拉送到国际大学念书。从这张照片可以看出，谭云山和尼赫鲁的交情很深。有两件事更可以说明这一点。第一件事是 1939 年尼赫鲁访华是谭云山一手安排的。第二件事是 1942 年中国最高领导人蒋介石急切想与计划发动“Quit India（退出印度）”运动的国大党领袖对话，希望印度人民大规模反抗英殖民政府的运动不影响印度作为同盟国支援中国抗战大后方的安全。谭云山秘密安排尼赫鲁到圣蒂尼克坦中国学院欢迎蒋介石夫妇参观，然后坐上英殖民政府为蒋介石安排的专列火车，由谭云山与宋美龄当翻译，蒋介石和尼赫鲁进行亲切对话，从圣蒂尼克坦一直谈到加尔各答。对话的结果是“圣雄”甘地写信给蒋介石保证“退出印度”运动不影响对中国抗战的支援。

1942 年蒋介石与宋美龄访问中国学院时谭云山为他们引路。那时泰戈尔已经去世，如果不是为了要和尼赫鲁会合，蒋介石是不会有时间到圣蒂尼克坦那么偏僻的小地方去访问的。当然，中国学院得到建院款项和此后的经费，都是因为蒋介石热心。这次参观以后，他又捐了一笔钱使得中国学院添盖楼房。

谭云山不但于 1942 年安排了中华民国最高领导人蒋介石夫妇访问中国学院，而且于 1957 年安排了中华人民共和国周恩来总理访问中国学院。一个海外的中国研究机构在 15 年内连续迎来两次中国高层领导的访问可能是绝无仅有的。

周总理在 1957 年访问和平乡时还接受了国际大学授予的最高荣誉学位，这是谭云山于 1956 年回国观光拜会周总理时安排的。我那时在国际大学念书，住在中国学院内，我、爱人绮淑和我俩 1 岁大的孩子有幸在国外拜谒来自祖国的总理，非常兴奋激动。我记得陪同周总理访问的还有贺龙副总理（我们湖南老乡），他一见到孩子（我儿子谭梵天）就从我爱人手中接了过去。

1957年周总理访问和平乡时拍过一张照片，地点是泰戈尔故居内的大学特级贵宾室（只招待国家领导人）。在那张照片里，前排周总理左边坐着的是印度外交部副部长钱达的夫人，钱达副部长坐在周总理后边。谭云山站在钱达副部长的右后。照片左边站着两个中国姑娘，她们是我的妹妹谭文和谭元。她们两人都是国际大学的学生，由大学指派为周总理访问期间的志愿服务员，专门照顾周总理。按理她们没资格参加合影，但周总理坚持，她们也和长辈们一起进入了镜头。周总理访问和平乡完毕乘政府贵宾专列从圣蒂尼克坦回加尔各答，父亲陪同前去，谭文和谭元到车站欢送贵宾，周总理看到她们，就把她们也带去加尔各答，在加城中国总领事馆额外招待。聚集于圣蒂尼克坦的印度记者对这件事还发表了头版报道，标题是“中国总理‘绑架’谭云山院长的女儿”，顿时成为趣闻。

周恩来访问和平乡只有短短两天，但在当地人们心中留下永久性的印象。他离开以后，人们久久谈论他的魅力。记得有一次钱达来我家做客，他和父亲饭后闲谈时，甚至认为周恩来在各方面都胜过尼赫鲁。父亲心里也赞同，但不好说出来。

周总理参观中国学院时，在办公楼内看到杭州丝绸厂特地制造的泰戈尔、尼赫鲁、毛泽东、周恩来的织锦像，不禁微笑。这些织锦像是1956年谭云山回国观光时向周总理建议的。周总理效率高，谭云山观光完毕返回印度时，那些特制的织锦像已经装在他的行李中了。周总理走进谭云山的院长办公室，看见书桌上摆着谭云山于30年代在中国出版的《印度周游记》与《印度丛谈》，就说："这两本书我拿走了。"他过目不忘。1959年他约见谭云山在总理办公室详谈中印关系时，多次引用谭云山两书中的评语，使谭云山大为吃惊。

谭云山和周恩来认识的时间并不长，一切追溯到1949年中华人民共和国成立后，谭云山从和平乡寄出一封给昔日长沙第一师范校友毛泽东主席的信。谭云山在信中向毛主席建议三点：一、不要"一边倒"；二、和印度建立友好关系；三、国共纠纷和平解决。那封挂号信是1950年初寄出的。1955年初我刚到和平乡，父亲叫我把那封信再抄一份，请中国驻印度大使馆转呈。过了不久，父亲就接到周总理的来信，邀请他回国观光。

父亲谭云山在 20 世纪 50 年代两次回国。第一次是 1956 年应周总理的特别邀请。母亲也被邀请，但家中人多、事多走不开，就由我妹妹谭文陪同。第二次是 1959 年父亲独自作为政协委员去北京参加政协全体大会，顺便观光。在两次回国时，谭云山都有机会和周总理详谈中印关系。

周总理于 1956 年找谭云山谈中印关系，当时周总理身上还挂着和父亲同行的妹妹谭文献给他的印度缨络。时间是在晚上（周总理和毛主席在延安时白天躲避国民党飞机轰炸，活动多半在晚上，晚间办公成了习惯）。谈了好几个小时，夜深了，谭云山告辞，周总理说：“别忙，还没有吃面哩！”这时服务员就把汤面端上来。据妹妹回忆，吃的是阳春面，汤很鲜。周总理生活简朴，鞠躬尽瘁，是中国文明精髓的表率。

1956 年谭云山（带着女儿谭文）回国观光时，被毛泽东主席接见。刘少奇（他也是湖南同乡）也在场，当时是党政第二把手。在场的还有一位湖南老乡——党中央统战部部长李维汉，他也是第一师范的校友，比父亲高几届。毛主席和谭云山一开始就叙旧。毛主席说，1950 年接到谭云山的信后，一时想不起他来，过了不久就想起来了。关于谭云山在那封信上向毛主席建议的三点，毛主席说，当时接受了谭云山第二点建议，而且行之有效。第三点是不现实的。他接着详细向父亲分析世界局势，说整个西方世界对新中国不友好，因此只有“一边倒”。

谭云山 1959 年回国就见不到毛主席了。当时中印关系也出现问题。在中印边界西段，两军的边防巡逻队发生冲突，出现人员伤亡。两国关系顿时紧张起来。周总理立刻建议两国前哨驻军向后撤退 20 公里，避免流血事件再次发生。建议公布后，周总理就约谭云山晚上去他办公室，向他详细解释了建议的内容，请谭云山回印度后转达给尼赫鲁。谭云山也照做了。有趣的是：1956 年谭云山接到周总理的邀请后很想为增进中印关系做点事情，就写信给好友尼赫鲁总理问他有没有任务。平常他写信给尼赫鲁，总是立刻接到回信，但这封信寄出后却不见回音。过了几天，好友钱达从新德里赶来，婉转地对谭云山说，毕竟谭云山不在印度政府内，所以不能担任两个政府之间的使者。可是 1959 年从中国回到印度后，谭云山倒是真正完成了两国之间使者的任务。

现在回过头来继续向读者汇报谭云山和尼赫鲁的交往。1937 年国际大学建立起中国学院是一件大事。泰戈尔吩咐秘书钱达帮助谭云山广泛邀请各界贵宾来和平乡参加开幕典礼（当时的大部分通信都保存下来了，我把它们捐给了深圳大学谭云山中印友谊馆）。那时尼赫鲁答应来当开幕式主宾，可是临时生病无法前来。泰戈尔逝世后，谭云山扩充中印学会，请尼赫鲁担任名誉会长。

图 1-20 是 1945 年尼赫鲁以中印学会名誉会长的身份到圣蒂尼克坦中国学院来主持中印学会年会。左一站着的是谭云山，他左手边坐着戴甘

⊙ 图 1-20 1945 年尼赫鲁总理在和平乡中国学院主持中印学会年会

地帽的尼赫鲁。会议地点是中国学院礼堂，因为听众太多，就以礼堂大门处为主席台，听众坐在室外地上。尼赫鲁在这次会上发表的讲演已经成了中印关系的重要文献。正是在这次讲演中，尼赫鲁说出："一个团结强大的中国和一个团结强大的印度应该靠拢。两国之间的亲善不仅对自己有利，也使广大世界受益。中国和印度有些西方缺乏的因素与传统是世界平衡所需要的。"[1]

谈到谭云山和尼赫鲁的交情，有一个被忽视的不寻常现象。自从中国学院建立以后，尼赫鲁每次到圣蒂尼克坦都要去中国学院谭云山的书房和他促膝长谈，印度独立以前如此，独立之后尼赫鲁成为总理也仍然如此。每次谭云山去印度首都办点事，尼赫鲁一定接见他。1960 年尼赫鲁总理在国会大厦接见父亲谭云山时，我也同去了。那时由于边界纠纷与边境武装冲突，中印关系比较紧张，国会反对党议员也强烈抨击尼赫鲁对华政策不够强硬，但这两位 30 年的忘年之交还是

[1] A strong and united China and a strong and united India must come close to each other. Their amity and friendship will not only lead to their mutual benefit but will also benefit the world at large. There are in China and India certain elements and traditions, which the West does not have, elements which are essential for world equilibrium.

照常寒暄。谭云山谈到1961年泰戈尔诞辰百周年，可以利用庆祝活动松弛一下两国的紧张关系，尼赫鲁不反对，不过他说两国之间有这么大的“争辩”（argument），关系不容易和好。他讲这话时平心静气，对中国没有任何敌意。

谭云山和尼赫鲁之间最动人的一幕是在1962年12月中印边境战争停火还不到一个月时，尼赫鲁以名誉校长的身份到圣蒂尼克坦主持国际大学年会。

图1-21和图1-22就是那次年会的情景。图1-21是尼赫鲁在台上讲演。图1-22是台下的听众，谭云山低着头坐在二排右二。当时印度民情

⊙ 图1-21 1962年国际大学年会，尼赫鲁主持

⊙ 图 1-22 1962 年国际大学年会的听众

对中国的敌意达到最高点，许多印度与国际观察家都预料尼赫鲁会发表强烈抨击中国的讲演。尼赫鲁对中印战争是有怨气的，他的自信被那一仗打垮，精神上的打击导致健康状况恶化。他站到讲台上，看见听众中坐着身着印度式服装的谭云山，心马上软了下来。他说：

“在国际大学，你们有许多部门，你们有中国学院，有著名的中国学者（指谭云山）领导。这是一件好事，会使你们经常记住你们现在和将来都不会与中国的文化或者中国的伟大开战。你们对中国人民不会产生恶感……如果你们（有人）认为有好几亿人的中国是你们的敌人，那就不对了。”[1]

谭云山听到这番话，不觉热泪盈眶，摄影记者都把镜头对着他。第二天这一情景成为印度各报的头条新闻。印度报刊有报道说，大会散了以后，尼赫鲁主动走到谭云山跟前和他紧紧拥抱（据说是谭云山的中国学院秘书亲眼看到的）。

如果通过文明的透镜来看，谭云山是中国文明的代表，尼赫鲁是印度文明的代表，这两大文明亲密共处是主流，永恒不变。可是在当今世界，文明意识淡薄，甚至消失，但是中印两大文明之间的“一家亲”是会成为压倒一切的主流，把一切逆流冲掉的。

上文引的尼赫鲁那番话，收入葛帕尔 S. Gopal 编的《尼赫鲁讲演集》（*Jawaharlal Nehru's Speeches*），按照日历顺序查 1962 年 12 月就可以查到。我起初不知道，是一位印度好友、退休外

[1] In the Visva-Bharati...you have got the various departments. You have got the Cheena-Bhavana, under a distinguished Chinese scholar [Tan Yun-shan]. That is a good thing to remind you always that you are not at war with China's culture or the greatness of China in the past or in the present....If you think that China as a country or the hundreds of millions of her people are your enemies, let me tell you they are not.

交官达摩达兰（A.K. Damodaran，1921—2012）告诉我的。除了这位好友外，没有听见其他印度时事评论家谈及这件事。我也从未听见中国专家讨论中印关系时引过尼赫鲁这段讲话。平心静气来说，尼赫鲁说的印度永远不“与中国的文化或者中国的伟大开战”那句话不但是国际关系言论的无价之宝，而且是中印关系发展的指路明灯。它证明两大“一家亲”的文明国之间的友谊是牢固的。

谭云山从20世纪30年代开始结识的印度社会名流中，很多人都在印度独立后成为印度共和国的政府要人。

⊙ 图 1-23 谭云山（右）与印度首任总统普拉萨德合影

图 1-23 是谭云山珍藏的一张照片，是 1950 年 1 月他到新德里参加印度开国大典时和印度首任总统普拉萨德博士（Dr. Rajendra Prasad）的合影，下方有印度总统签名。谭云山先在中国发起中印学会，然后征得泰戈尔的同意在印度建立以圣蒂尼克坦为中心的中印学会。这两个组织是一而二、二而一。泰戈尔是印度的中印学会的庇护人，谭云山负责具体工作。因为有泰戈尔的名气（以及谭云山的积极争取），当时印度社会名流都加入为会员，谭云山和他们也建立起亲密交往。一个突出的现象是：印度共和国开国的最初三位总统——从 1950 年到 1962 年的总统普拉萨德（1884—1963）、从 1962 年到 1967 年的总统拉达克里希南（Sarvepalli Radhakrishnan，1888—1975）和从 1967 年到 1969 年的总统侯赛因（Zakir Husain，1897—1969）都是中印学会的会员。1998 年印度总统纳拉亚南在圣蒂尼克坦庆祝谭云山诞辰百周年的大会上讲话时提到这一点，认为是很有意义的。印度最早的三位总统都是中印学会会员，象征着印度共和国的创建也和“中印一家亲”结了缘。

⊙ 图 1-24 1979 年，谭云山（右）获得国际大学最高荣誉学位

图 1-24 是 1979 年 12 月国际大学授予父亲谭云山最高荣誉学位（梵文名“Deshikottama”）。照片中，大学名誉校长乔希 Joshi 博士授奖，大学校长辛哈（Surajit Chandra Sinha）在旁（照片中站在两人中间）。这个学位在初期名气很大，颁发给世界杰出人物。1957 年曾被授予中国总理周恩来。谭云山是继周恩来总理以后获得这一荣誉的第二位中国人。

谭云山从 1928 年加入国际大学，对 1937 年成立的中国学院贡献极大，国际扬名。国际大学早就应该把这一荣誉授给他的。大学校长不断更换，多半来自校外。谭云山退休后，大学的中国学每况愈下，连中国学院的建制也消失，校内没有哪个部门向教务委员会提议，致使谭云山被忘却。最后来了大学校长辛哈，很想把大学的中国学振兴起来。由他提议把最高荣誉授予谭云山。谭云山为泰戈尔、为国际大学鞠躬尽瘁，大学最终没忘记他。

自从 1980 年母亲过世以后，父亲身体仍然健康，但灵魂被母亲带走了。他写字时手微微颤抖，不再有强劲笔力。行走起来，只能细步，背也挺不直了。1983 年，他在印度菩提场逝世，享年 85 岁。印度总理英迪拉·甘地夫人（尼赫鲁的女儿）听到消息以后，写信致哀，信中称谭云山是“伟大的学者”（a great scholar）与“真实的文化人”（a man of true culture）。她说：“泰戈尔师尊和我父亲（尼赫鲁）都对他关爱有加。他和圣蒂尼克坦心连心，对增进印度和中国两大文明之间的了解做出了巨大贡献。”[1] 这封信（现在

[1] Gurudev Tagore and my father had affection and regard for him. He identified himself with Santiniketan and contributed immensely to a better understanding between the civilizations of India and China.

保存在深圳大学谭云山中印友谊馆）的这些评语为谭云山一生画上圆满的句号。

亲爱的读者们，父亲谭云山的故事到此为止。这是一个值得年轻学者们不断研究的课题，因为它与“中印一家亲”的课题关系极为紧密。最后请让我引用他的一段话。1956 年 10 月 15 日，谭云山在中央人民广播电台的广播词中说：

“中国与印度，不但是世界上两个文明最古老优秀的国家，而且是世界上两个历史最悠久长远的国家。打个比喻：我们中印两个伟大的国家和人民，就好像我们两个国家中间的喜马拉雅山一样，从古至今，任你风吹雨打，雪飘冰冻，我们绝不动摇，绝不颓废；而且风越大雨越狂，我们的抗拒力量，也越勇越猛；冰越厚，我们的生存力量，也越强越坚。可以说：有喜马拉雅山存在的一天，就有我们中印两国和人民生存的一天。所以中国和印度，真是如我们古书所说‘博厚配地，高明配天，悠久无疆’的国家。”

第二章　中国文明小树移植印度

我出生于马来西亚，1岁时就回中国了。马来西亚是个什么样子，我一点印象也没有。我记得10岁刚到湖南湘乡时常常被人缠着要我说马来话，那时我一句马来话也记不得，只好胡乱发些怪音应付。实际上，我是不折不扣在中国文明的土壤中生长的。中国是我的祖国母亲。

“母亲的光耀好比那灿烂的旭日，永远地、永远地照着你的心。母亲的慈爱好比那和煦的阳春，永远地、永远地伴着你的身。”这是我小时喜欢唱的一首歌的开头，80多年来时常在我心里唱响，不断灌溉我心中这棵“母亲”大树。这棵“母亲”大树包括我的生母，也包括我的祖国母亲中国。

图2-1是1935年在湖南长沙拍的。前排正中坐着的是我外祖母，后排从图右到图左是父亲、母亲、姨母。三个男孩是我、二弟谭正（站在前

⊙ 图 2-1 1935 年谭云山全家合影

排左一)、三弟谭立(被母亲抱在怀里)。这张照片中的三位女性刻画出中国的时代变化。外祖母的衣着很传统，她缠足。我小时顽皮，带着二弟故意惹外祖母生气，她拿着鸡毛帚要打我们，我们就围着客厅中央的饭桌逃跑，让外祖母在后追赶。她是小脚，追不上我们。母亲和姨母是中国第一代的新女性。她们虽然生长在长沙乡下，却不缠足，从小出外念书。外祖父陈子树的大哥陈子厚(1878—1927)是农村知识精英，曾在湖南高等法院民庭工作过，后来回乡教书，加入中国共产党，1927 年马日事件时殉难。他没有孩子，把母亲陈乃蔚(1903—1980)和姨母陈莱笙(1906—2002)当作自己的女儿(姨母正式过继给他为女)。在他的鼓励下，1903 年出生的陈乃蔚放开被缠的小脚走进小学课堂，在当地打破了传统。母亲小学毕业考入著名革命教育家徐特立(1877—1968)创办的长沙第一女子师范学校(当时叫稻田师范)，毕业后还不到 20 岁就到湖南湘乡谷水白鹭湾的陶龛小学教书，是学校第一位女教员。她住在陶龛小学董事长(实际上是校长)罗衲重家中，每天早上走十多分钟去学校上课。长期传统闭塞的乡下来了一个不缠足的未婚女子在外抛头露面，这成了闻所未闻的新闻，母亲每天走在路上都会有一群孩子跟着她，好像她来自另外一个星球。1926 年她去马来西亚（妹妹陈莱笙两年后也去跟她一起）先后在槟榔屿与新加坡的华侨子弟学校教书。1927 年，马来西亚柔佛州（Johor）巴株巴辖市（Batu Pahat）益群书报社办的爱群学校进行扩建，分设男校与女校。父亲谭云山参与女校的兴建，母亲陈乃蔚成为爱群女校的第一任校长。他们两人在这一经历中恋爱结婚。

图 2-2 是我 1929 年 4 月诞生后，父亲从印度赶到马来西亚巴株巴辖捧着他们的初生婴儿的合影。我是父母亲热情恩爱结出的第一个果实。得天独厚，我生下来重量 8 磅半（约 3.86 千克）。父亲为我取名“爱之果”。在二弟出生以前，我独享“爱之果”的名号三年。后来两个弟弟来了，我变成“大果子”，仍然比弟弟多得母亲的宠爱与教育。我三四岁时，母亲教我背《三字经》：“人之初，性本善……”别的弟妹都没有这种享受。我把母亲教我背《三字经》看成享受是有道理的。第一，这《三字经》是中国文明的简明总结，为我从小打好了国学基础。第二，《三字经》帮助我把复杂的中国朝代变迁理顺了，把深奥的

⊙ 图 2-2 襁褓中的谭中与父母合影

中国哲学通俗化了。母亲对我的学业抓得很紧。我在母亲以前教过的陶瓮学校念了两年高小。第一学期母亲在我身旁，我成绩全班第一。第二学期母亲离开我了，我成绩全班第二。第三学期成绩继续下降。到了最后一学期连前五名都挨不到了。

1940 年父亲从印度回到湖南湘乡陶瓮小学，

接走了母亲和5岁的三弟谭立和四妹谭文，而把11岁的我和8岁的二弟谭正留在国内，这是不得已的。那是艰难的抗战时期，要带着4个孩子从香港乘船去印度（我和谭正还得另外办出国手续）非常困难。我知道母亲是舍不得把我俩留下的。特别是我，11年来一直在母亲身边受她特殊宠爱。我无法知道母亲为了把我和弟弟留在国内曾经流了多少眼泪。她是重感情的慈母，安排了一个亲戚（我们叫她"义姐"，是母亲收养多年的孤儿）和多年的用人鲁妈照顾我们。一年以后她们离去，我和弟弟就以陶瓷学校为家。

中国新型妇女是"半边天"，她们走在时代前列又发扬中国传统，不但完成《大学》中的"修身、齐家、治国"三道工序，圆满社会政治建设，而且成了"家齐而后国治"的榜样。我的母亲陈乃蔚是很有才华的。我在中学读书时，很多同班同学比我年纪大、阅历多，他们看到父母写给我的信，一致认为母亲的书法胜过父亲。我想，如果社会给她同等的机会，她的事业成就一定不会比父亲差的。她的潜力是很大的。可是她主动选择了贤妻良母的角色。我有这样的母亲，实在太幸福了。

母亲去了印度，我才 11 岁，还没到少年阶段。母爱离开我身边，我十分想念母亲。我从小就重感情，这大概是父母的双重遗传。俗话说，男儿有泪不轻弹。湖南人特别强调这种文化，我也慢慢在人生中练出这一功夫。可是母亲离开时我还太小，每隔俩月我就给父母写家信，总是流露出孤独可怜的情绪。母亲看到我的信就流泪。每两个月我一定会收到印度寄来的厚厚的挂号信，对我来说真是“家书抵万金”。每封信至少有三页。一页是印度国际大学中国学院的公文信纸，上面有父亲写的几个大字，内容像电报一样简短。另外是母亲的信，密密麻麻写在普通纸上，既有生活信息，又有鼓励和祝福，字里行间洋溢着母爱。这样的通信从 1940 年她离开我一直持续到 1947 年她带五妹谭元和七弟谭同回到长沙和我们团聚。

1947 年夏天，我考上天津南开大学。正在这时候父母带着弟妹回到长沙，我放弃北上。父亲为家人安顿住处，又在住所办起大同学校（现在是长沙出名的重点学校——大同小学），然后就回到印度国际大学中国学院院长的岗位上去了。这时我已满 18 岁，进入青年时期。母亲为我的顺利成长而高兴。当时姨母一家也来和我们合住。母亲独身撑起两家人的食宿，姨母帮她开办大同学校，我也成为半个助手。到了 1948 年秋，我去上海交通大学念书，1949 年春天，父亲又把母亲和弟妹接去印度（谭正仍然留下继续念高中）。母亲回印度前后继续和我保持两月一次的感情洋溢的母子通信，一直到 1954 年冬天我出国去印度为止。

新中国驻印度第一任大使袁仲贤是湖南长沙人，和母亲是小同乡。他 1950 年到任不久，就去西孟加拉邦的国际大学探望我父母。湖南有句俗话："老乡见老乡，两眼泪汪汪。"母亲向袁大使汇报家人情况时，特别提起我，表达了深深的怀念，殷切希望团圆，说着说着，眼泪盈眶。袁大使被这种母爱感动，满口答应帮忙。当时出国的人很少，手续难办，但 1954 年我和新婚爱人黄绮淑申请出国护照没等太多时候。父亲是印度总理尼赫鲁的好友，办签证也容易。

"在家千日好，出门时时难。"抗战时期我没少体验这句话的真理。1954 年 12 月我和爱人走出国境边缘最后一个小镇深圳，过了桥到了罗湖，就被香港的边警挡住。我们出示有香港和印度签证的护照，他接着就要看从香港去印度的船票，我们说要到香港才能买。他声色俱厉地说，没有船票就进不了香港。秀才碰到兵，有理讲不清，我俩只得折回。凑巧这时候，迎面走来一个穿着西装的人，他已经知道了我们的窘境，告诉我们去找中国旅行社，并且把我们带到深圳中国旅行社办事处。那时的深圳就那么一条小街（在那之后又过了 20 多年才建立起经济特区）。我正愁下一步怎么办，可是一走进中国旅行社就看到办公桌前坐着先是在湘乡陶龛小学结识、后来又在长沙和上海相处过的老朋友罗耀恺。真是天无绝人之路！罗耀恺马上和香港的中国旅行社联系，帮我们安排深圳住宿，请我们吃丰盛的晚餐，两天后亲自送我们过罗湖桥，那边有中国旅行社的人接应。

如今中国每天有成千上万的人出国旅行，年纪轻轻坐着头等舱和商务舱飞遍世界。1954 年我们根本不知道买外汇的事，身上一文不名。到了香港，找了在印度住过的父亲的熟人，借了钱买了英国搭客货轮去加尔各答的二等和三等舱之间的“中间等 intermediary class”船票。舱位在大船的一侧，床是横着的。在太平洋上遇上风暴，船身大幅度左右摇晃。我们睡在床上，一会儿像直立起来，一会儿像倒竖。我身体强壮，也被折腾得难受，爱人更吃不消，只呕吐，两天没吃饭。小小舱房有四个床位，同屋另一乘客是香港小商贩，带了很多货去新加坡，舱房摆不下，多半摆在三等舱。他平常根本不住在舱房里，只是吃饭时见面。他看到爱人绮淑吃不下饭，就给了些广东酱菜罐头，帮助我们渡过难关。我们十分感激。我从小读唐诗“西出阳关无故人”，信以为真，其实不是这么回事。世界这么大，凡是有人类的地方都会有支援之手。

走了一个多星期，货轮到达新加坡，因为卸货、装货，停泊了一个星期。如果是在今天，人们一定趁此机会上岸去新加坡玩玩，没钱也可以走马观花，到处走走，照照相。可是当时手机还待发明，照相机是奢侈品，我们没有。这些都是次要的。主要的是当时的新加坡是英国殖民地，和新中国没有外交关系。船还没有靠岸，英籍船长就把我们两人的中华人民共和国护照拿走，说是暂时存在他那里，等船离开新加坡再还给我们。我们当然明白，这是剥夺我们的行动自由呀！这一招不但拿走了我们的身份证件，也拿走了我们上岸走马观花的兴致。好在在船上结识了两位华裔船员，他们也成天无事，带我们在船上到处参观。他们在餐厅请印籍大副喝酒，也请我们参加。我们不喝酒，只吃点心，听他们闲聊。

船到下一个港口缅甸的仰光，又停了三四天，这次没有拿走我们的证件，因为缅甸是非共产主义国家中第一个承认新中国的，缅甸总理吴努对中国特别友好。那时我们一心一意要安全到达印度，也没心思上岸看看仰光。船又走了好几天才到达加尔各答，翻开日历，已经是 1955 年 1 月了！我们是在离开中国的第二年才到达印度的呀！现在从昆明飞加尔各答只需两小时，旅程比两地之间的时差（两小时半）还短。许多年前有一次，我和爱人绮淑旅行，飞机晚上 11 点半从昆明起飞，降落加尔各答的时间是当地晚上 11 点，中印来往时间红利半小时，简直不可思议！

亲爱的读者们，图 2-3、图 2-4 和图 2-5 展示出我和爱人绮淑 1954 年 12 月出国前在中国的形象与 1955 年 1 月到达印度和平乡圣蒂尼克坦和父母亲一起的合影。我和父母团聚时，母亲一看见我就哭起来。我和母亲十余年的悲欢离合终于结束。母亲仍然叫我“大果子”（父亲不再这样

⊙ 图 2-3 谭中

⊙ 图 2-4 黄绮淑

⊙ 图 2-5 1955 年，谭中夫妇与谭云山夫妇合影

叫了，直呼“谭中”），可是母子俩以前那种紧密关系已经消失。许多年来，母亲专心专意当好印度国际大学中国学院院长的夫人，为这个融合中印两国学者的大集体尽好女主人的责任。同时，她身边有丈夫和五个儿女（现在又加上来自中国的大儿子和媳妇），要亲自下厨房照顾大家的饮食。她仍旧像以前一样，差不多天天坐三轮车上街买菜。她还在住宅后边空地上开辟了一个菜园，保证家人每天吃到中国青菜。我也不再是她以前的“大果子”，有了爱人，和她在一起的时候很少了。

我们到了以后，母亲就按照当地风俗，带着新媳妇去拜访校园里主要的好友（让媳妇向我父亲同事的夫人亮相），有时我也同去。绮淑很有语言天赋，不到几天就开始说孟加拉语。孟加拉人像法国人一样，对自己的语言特别骄傲。外地人说孟加拉语，他们就觉得特别亲切，教授们的夫人尤其如此。就这样，绮淑马上就融入国际大学的社会环境中了。绮淑从小丧失父母，由伯父母抚养长大。上海社会开放，她习惯了自由。但是她是因和我热恋而下了决心和我出国同甘共苦的。她看到母亲传统意识较强，就主动放弃学习机会而帮母亲做那做不完的家务，当一个好媳妇，受到全家欢迎，父亲特别高兴。1956年孩子诞生，是谭家头一个第三代，父母亲有了孙子特别高兴，父亲为他取名“梵天”（印度教大神的名字），两个妹妹为他取了印度名字Siddhartha（悉达多，是佛陀出家前的俗名）。

亲爱的读者们，我现在到了耄耋之年，经常想起过去的一些得失。我想，如果人生能像当初出国过罗湖口岸一样，先尝试一次，第二次一帆风顺通过，那有多好！可是人生事业发展没有试验田，只能一次叩关、一炮打响，别无选择。我带了爱人来到印度，又有了孩子，只能勇往直前，无后退的余地。我必须尽快找到工作，建立起自己的小家庭，不能长期依靠父母。

父亲也经历过一段财政困难时期。他从1937年国际大学中国学院成立起担任院长。中国学院是由中印学会募款建成的。国际大学是泰戈尔办的私人学校，经费很不宽裕。中国学院的财政支援从中国来，实际上取自中华民国政府，由父亲筹取与经营。1950年印度与蒋介石统治的“中华民国”断交，中国学院财源断绝，父亲没把中国学院关闭，而是节衣缩食，并在印度华人社会的同情与支持下维持了一年，一直到 1951 年印度政府把国际大学变成国立大学为止。在我们来到之前，中国学院的经费全部由大学供给，教职员工都入大学编制。父亲成为大学特级教授，工资最高，但和过去相比，就相差多了。

亲爱的读者们，我从 1930 年开始在中国成长，那是我从幼稚发展到成熟的时期，接受中国文明熏陶长达四分之一世纪。那 25 年是一个非常时期，中国从“最危险的时候”与最困难的环境下站了起来，创造出一个充满光明前途的新局面。我是亲眼看见与亲身经历了这一发展，满怀热情地迎接这个新中国的未来。我在国外生活了 63 年以后，这一信念从未动摇过。

亲爱的读者们，我在高小唱歌有名。一天，在休息室聊天的几位老师叫我唱个歌。我就大声唱：

热血滔滔，热血滔滔！
像江里的浪，
像海里的涛，
常在我心头翻搅。
只因为耻辱未雪，

愤恨难消，
四万万同胞啊！
洒着你的热血，
去除强暴！

唱完以后，一位老师望着我说："你为什么唱起歌来这么紧张？"我听了很费解。我是使劲唱歌的，但也不是那么紧张。很久以后，我明白了！小时唱的歌，绝大多数是抗战时期的爱国歌曲，唱的时候思想进入歌境，怎么能不慷慨激昂？！

我小时爱唱的歌中，有很多"起来"。除了这《义勇军进行曲》以外，还有"起来吧，起来吧，祖国的孩子们"（《祖国的孩子们》），"同学们，大家起来，担负起天下的兴亡"（《毕业歌》）等，唱着十分激动。那是一个苦难的中国，和我一同在"起来"歌声中成长的人都有着"担负起天下的兴亡"的志向。我希望在幸福的中国成长的年轻人千万不要忘记历史的教训。

我清楚地记得1961年我在新德里半夜起来从短波广播收听（那时还没有电视）第26届世乒赛团体决赛实况。恰好听到中国球员徐寅生在最后一球猛攻日本名将星野。广播员兴奋地喊着:“第七板、第八板……第十板、第十一板、第十二板!”最后得胜。徐寅生这“十二大板”帮助中国队将比分追到2比2平，为中国男队首次夺取世界乒乓球男子团体冠军奠定了坚实的基础。当时我的血压随着广播员喊叫的数目上升。授奖仪式时奏起中国国歌，全场高唱“起来”“起来”，我的眼泪夺眶而出。

亲爱的读者们，我学唱《义勇军进行曲》时，有过一次难忘的经历。那是1938年日本对湖南长沙狂轰滥炸。我们家是一幢两层的红砖小屋，建在一片稻田中央。日本飞机对它扔下一颗炸弹，偏离目标50米。如果炸中目标，躲在屋后简便的防空洞中的我（还有母亲和三个弟妹）就没命了。警报解除以后我们回家一看，真是死神来家访问过，大门被炸开，窗玻璃统统粉碎，室内柜子东歪西倒。那就是我受到爱国主义洗礼的时刻。那以后，国家的命运和我的心永远结合在一起了。

亲爱的读者们，我26岁到达印度时，已经是一棵带着泥巴连根拔起的中国文明小树，现在要移植印度，成活率不高；如果这棵中国文明小树枯萎，再从头开始栽植一棵印度文明小树的话难度更大。我心知肚明，这一移植只许成功，不许失败。这就要求我必须在保持中国特色的基础上建立起印度文明的上层建筑，要求我做到不去中国化而印度化。在这样一种转变发展中，我才深刻地体会到“中印一家亲”与我形影不离。正是由于发扬了“中印一家亲”的精神，我这棵中国文明的小树在印度移植成功了。我这个结论可以由下面两件事实证实。

大概是20世纪80年代末，中国驻印度大使馆开始出版中文的《今日印度》刊物，登载了我一篇文章，编者在按语中说我是“印度的中国学者”。北京大学的资深印度专家刘安武马上去信更正说，谭中不是“印度的中国学者”，而是“印度的中国学学者”。刘教授是不是想强调我“不是中国籍”，我不得而知。但他的这一表态，道出了我已经做到了不去中国化而印度化的事实。

2010年3月，印度中国研究所和外交部领导的印度国际事务委员会（Indian Council of World Affairs）联合庆祝我获得印度国家二等莲花奖。印度国际事务委员会主席在开场白中把我形容为“中国学者”，立刻引起台下反弹，人们说：“谭教授是我们的老师，在印度教书几十年呀！”

话扯远了，现在再回到50年代。到了印度以后，我马上意识到，要在印度扎根必须有两个先决条件：第一，英文要好；第二，要有大学学位。我于1948年进了上海交通大学，正值上海解放前夕。交通大学是上海的“民主堡垒”，一度被国民党政府关闭。解放以后，我跟着同学们投入轰轰烈烈的政治运动，没好好念书，没拿到大学文凭。那时中国所有大学都没有学位制度。一切从头开始，我在国际大学当了年纪大的大学生。我进了大学一年级，同班同学大多不到20岁。我26岁，结婚了，次年又当了父亲。

爱人体弱，孩子生下来，她的奶水不足，孩子吃印度奶粉会消化不良，我特地跑到加尔各答买英国进口奶粉喂孩子，他吃得好，长得白胖，读者们从图2-6中可以看出。爱人绮淑常常抱着婴儿在校园中走走，大家都觉得孩子可爱。可是人们不知道，要把孩子养得好也不容易。那时进口奶粉很贵，对当时中等收入家庭来说是一大奢侈品，我不能增加父亲的负担，就拼命写稿，向新加坡《南洋商报》国际版投稿评论印度和国际大事，得到的稿费很可观，解决了问题。父亲订了三份英文报纸，晚上9点放到旧报堆里，我就

⊙ 图 2-6 黄绮淑母子合影

在晚上 9 点后开始工作，半夜写出稿件，次日在第一时间由邮局寄走再去上课。生活挺紧张的，但也庆幸自己赢得了挑战。

那是我人生旅途中值得怀念的日子。新加坡《南洋商报》每周都有我两三篇评论文章。我用的是“金锋”和“迷都”的笔名。《南洋商报》当时是东南亚传播得最广的中文报纸。当时的印度，在尼赫鲁总理领导下，是国际舞台上很活跃的国家。我写的东西也有新闻价值，读者很多。他们却不知道，这“金锋”和“迷都”竟是印度国际大学一、二年级的学生，正在日夜忙碌争取印度大学的学士学位。除了我爱人以外，也没有人知道，我当时睡眠很少，白天是印度大学的学生，晚上是新加坡报纸的时事评论员。白天我不但是学生，而且是出色的篮球和乒乓球健将（我在中国时就将这两项运动练得颇有水平，国际大学简直没有这两项运动，我算是它们的创始者）。

为了锻炼我的英文写作水平，我又开始向加尔各答的英文大报文学副刊投稿（内容是中国故事）。记得 1957 年我写的中国抗战时期的鸦片走私的故事在印度著名大报 *The Statesman*（《政治家报》）发表（编者花了功夫修改我的文字），我的英文老师大为吃惊。他是父亲的好友，常来我家。他看见我两年前刚到时普通英语会话都不行，竟然受到《政治家报》赏识。他说："我写的东西也很难在《政治家报》上发表呀！"那时，我坚定了一个信念，就像俗话所说："天下无难事，只怕有心人。"

我在和平乡国际大学念了三年书。那时国际大学有很多外国学生。当时有位会踢足球的非洲同学，后来回国当了部长。住在中国学院的有一位来自印度尼西亚的同学，他很喜欢我们刚出生的儿子，30 年后他成为印尼驻印度大使，那时我是尼赫鲁大学的中文教授。他还特别在官邸设宴请我们夫妇去叙旧。从英国统治时代开始一直到20世纪60年代，印度始终是亚非两洲发展中国家的“小欧美”。亚非国家顶层权贵去欧美旅游、学习、看病，上层中产阶级没那么多钱去欧美，就到印度旅游、学习、看病。所以许多知识精英留学印度以后回到国内都能干出一番事业。

很多国际知名人士也常来国际大学访问，印度的知名学者就更多了。当时国际大学发生了中印关系史上的一件大事，就是1957年周恩来总理到国际大学来接受最高荣誉学位。1955年12月大学举行毕业典礼，请了著名历史学家、曾任印度驻华大使（1948—1952）的潘尼迦（K. M. Panikkar）来做学术讲演。我在出国前就听说过潘尼迦的事迹。1949年南京解放前夕，国民党政府迁都广州，各国（包括苏联）的大使馆也跟着迁去，只有潘尼迦和美国大使司徒雷登留在南京没走。我为能够见到这样重要的人物并聆听他讲演感到十分荣幸。

泰戈尔临终之前，曾经要求“圣雄”甘地和尼赫鲁帮忙把他创办的国际大学维持下来。他于1941年逝世以后，大学在他儿子的撑持下，财政越来越困难。尼赫鲁于1950年正式就任新成立的印度共和国总理，立刻推动国会制定法案接收国际大学为国立大学。他自己担任大学的名誉校长，每年12月到和平乡主持年会及毕业典礼（一直到他去世）。我从1955至1958年在国际大学当学生，就见过他三次，还有与他合影的照片。

图2-7记录了1956年国际大学年会时尼赫鲁总理莅临和平乡连续两天和大学的外国留学生在一起。第一天有团体合影，我参加了，也保存着照片。第二天，也是尼赫鲁总理将要离开和平乡的前一天晚上，他特别抽出时间来和外国留学生联欢。照片是我进入会场时他亲切地和我握手。照片上站在我右边是一位斯里兰卡的留学生。站在尼赫鲁后边的是印度西孟加拉邦社会名流、泰戈尔生前好友Lady Ranu Mukherjee（莫克吉夫人）。那天的晚会没有仪式。莫克吉夫人陪同尼赫鲁总理坐在房间中央，留学生围着他们坐着，唱各国的歌给总理听。我也唱了一首抗战时期的《万溶江之歌》。唱完以后，莫克吉夫人问尼赫鲁说："为什么中国歌这么悲伤？"尼赫鲁回答说："中国社会经历过一个苦难的时期。"我当时英文表达力不强，没有踊跃地解释说："中国也有愉快

⊙ 图 2-7 尼赫鲁与谭中在国际大学会面

的歌曲，但我选的是小时抗战时期喜欢唱的一首忧伤的歌。”

亲爱的读者们，图 2-8 对我的生涯来说，意义非凡，它象征着我这棵移植印度的中国文明小树成活了，可以在新的社会生态中茁壮成长了。我在中国的时候从来没有用英文写过一篇文章，到了印度两年以后就要在考试场上和从小一直以英文为媒介的印度学生一起在三个小时内用英文回答五六个问题以通过匿名考试员的审核，难度是相当大的。但是，功夫不负有心人，我过关了。

⊙ 图 2-8　1957 年 12 月，尼赫鲁给谭中颁发国际大学学士学位

图 2-8 这张照片是 1957 年 12 月国际大学举行毕业仪式，我从名誉校长尼赫鲁手中接过毕业文凭（学士学位）。毕业生很多，如果总理一个一个地

⊙ 图2-9 1957年12月，尼赫鲁与国际大学部分毕业生合影

授予文凭是很辛苦的。学校想出一个简化程序：毕业生先在台下拿到文凭，然后逐一走上台去，由尼赫鲁授予一片和平乡特有的树叶，象征着授予文凭。照片中的我已经手持文凭，双手合十向总理致敬，尼赫鲁手里拿着一片树叶正要授予我。

图2-9是毕业典礼完毕后，尼赫鲁总理与毕业生合影。我站在尼赫鲁右手上方。尼赫鲁很喜欢和年轻人在一起。照片里尼赫鲁被女学生围绕，

⊙ 图 2-10 谭中作为学生代表欢迎尼赫鲁总理

男生站在后边。女同学脸上那种特别幸福的表情非常明显。在整个照片中，每个年轻人都是尼赫鲁的“粉丝”。这是年轻人与印度最高领袖亲切相处的写照，而在这亲切的场面中却有了我这一张中国面孔，创造了“中印一家亲”的镜头。

图 2-10 是我和其他学生代表列队欢迎尼赫鲁总理，站在尼赫鲁身后的是研究学院院长。和学生们一起等候总理的时候，院长手里拿着一枝玫瑰花。尼赫鲁走来，他先迎上去向总理献花。尼赫鲁最喜欢玫瑰，马上把它插入大衣的扣子洞里。他大衣上的那朵玫瑰，为他的英姿增添了美丽。尼赫鲁长着白白的皮肤，高高的个子，健美的身段，在世界伟人中是英俊的典型。我每次望着这张照片时都产生对他的无限仰慕。这张照片左边站着的学生代表没有被显示出来，总理和他们都一一握手，我成为一排学生中的第一个只是偶然的。我身着印度服装，中国面孔显得突出，照片的“中印一家亲”情调显而易见。

1947 年印度独立，带头掀起世界殖民地独立自主的运动，印度开国总理尼赫鲁在亚非两洲的名望特别高。他在冷战期间两大阵营中间提倡“不结盟运动”，无形中造成世界第三极，两个超级大国（美国和苏联）都想拉拢印度。尼赫鲁的一言一行也受到国际舆论的关注，是叱咤风云的国际人物。我一个中国去的无名小卒能够有许多机会和他接近，能够保存与他合拍的许多照片，很多人都感到惊讶和羡慕。我也觉得三生有幸。

我拿到学士学位，可以有资格报考社会职业了，但我的英文水平仍然不高。最明显的例子是我毕业考试成绩单上，我的印度历史考卷分数还不错，我的中国历史考卷分数却很低，大大出乎我的意料。我请求大学复查。结果发现试卷的外校考试官，不看我回答的内容，却在我英文文法的每一个错误下画了红杠。一份满是红杠的答卷，大学也无法帮忙。说实话，当时我的英文写作水平只相当于印度中学生的程度。于是我决定在得到工作机会以前，进入国际大学英文硕士班继续学习。

有了学士学位，我有资格报考印度社会的“白领”职业，但那是一个竞争激烈的场地，我的外国人身份和英文水平都是我的短板。我必须依靠我中国文明的强项才能进入印度社会。在这个关键时刻，是“中印一家亲”向我伸出支援之手。

亲爱的读者们，我不能把自己从当时所处的大环境中抽出来讲自己的“逝者如斯”故事。父亲谭云山和泰戈尔及尼赫鲁的亲密关系成为我“走进”印度、创立事业的护照。没有护照，我的旅程不能开始。可是，有了护照也还得靠我自己用双手去叩开事业的大门。父亲是教书起家，印度把他当作中国文明的使者来欢迎。我决定效法他。1958 年我被印度政府联邦甄选委员会（Union Public Service Commission）选聘为印度国防学院（National Defence Academy，实际上是印度海陆空三军军官预备学校）的中文讲师就是一件很不寻常的事。那是我到印度的第四年，拿的是中华人民共和国护照，即将进入印度国防机构，官职是一级委任官（class 1 gazetted officer）。印度所有被选聘为政府官员的人员都必须经过内政部（情报机构）的审核批准。我被选中以后，当时的印度中央情报局局长马立克（B.N. Mullik）亲自为了我的事去拜访父亲的挚友、外交部副部长钱达。马立克对钱达副部长说："谭云山的儿子谭中你知道吗？"钱达回答说知道。马立克说："他被联邦甄选委员会选聘为国防学院中文讲师。"钱达说"很好"，还补充说："他像我的儿子一样，保证没有问题。"马立克就请钱达把这话写成书面材料，钱达立刻照办。有了外交部副部长的书面担保（未公开的政府内部档案），我很快就接到印度政府国防部的聘书，高高兴兴地去印度西海岸浦那（Pune）市附近的

Khadakvasla 的国防学院报到。关于钱达担保我的事，父亲全然不知，我更不知道。还是十多年以后钱达在聊天的时候说出来的。

1959 年我和妻儿住到新德里，和待我们像子女一样的钱达夫妇多年密切来往，我学到钱达先生的许多优点。他和许多同辈的印度知识精英一样，集印度文明与西方文明的大成。20 世纪印度开放型的知识分子中，倾向于社会主义思潮的有很多，尼赫鲁就是一个。钱达先生以外交部副部长身份带领印度人民友好访问团访问苏联时，曾亲自登台参加反对帝国主义的小品节目，引起舆论攻击。

钱达先生为人一方面不忘朋友情谊，一方面不放松原则。好友尼赫鲁逝世后，国际大学要请尼赫鲁的女儿、时任总理的英迪拉·甘地夫人担任名誉校长，他坚决主张另找德高望重的学者。他讲究礼貌。有一年印度独立节，我以德里大学系主任的身份去总统府花园参加印度总统的大型（有数百来宾的）招待会，我和爱人绮淑赴会前顺道去探望他们夫妇。他看见我没穿西装打领带，就批评说：“这对总统是不礼貌的！”我马上回去换衣，后来就特别注意。

亲爱的读者们，你们可能不知道，印度大学毕业生（除了极少数拔尖的杰出人才以外）要找到一个称心的工作并不容易，说到等候的时间，三年也不算长。我作为一个外国人，得到学士学位后半年之内就找到了很好的工作岗位，算是够幸运了，同学们都羡慕。造成这一结局的主客观原因，前面都已向读者汇报了。总的来看，印度社会生态中正是需要并欢迎我这棵中国文明的树，是这生态中的“中印一家亲”因素帮助我这棵树移植成活并成长。这棵树在印度成长又反过来加强了“中印一家亲”的精神活力。我的这一经历已经有了先例，我父亲就是这样走过来的。现在的中国青年如果有志，也能使这一事例不断延续，并且更加发扬光大。

亲爱的读者们，在我的人生征途中，有两个思想上的发展特点。第一个是“走出去”，第二个是“走进去”。“走出去”是身体走出国门，精神仍然而且永远留在中国文明的宇宙中。“走进去”是走进印度文明，走进印度社会。我看到当前中国坚持改革开放，越是“开放”，“走出去”的口号就叫得越响。可是，我好像听到的对“走进去”的号召还不多。亲爱的读者们，让我们想一想，如果只有“走出去”而没有“走进去”，岂不变成流浪汉了？！

从我的“走出去”与“走进去”互相结合的亲身经历来看，我所说的“走进去”的不只是印度文明，也是中国文明。这里有一种微妙的辩证关系。大家都知道苏东坡的著名诗句：“不识庐山真面目，只缘身在此山中”。我“走出去”了，能站在一个旁观的位置来看中国文明，对中国文明可能认识得更清楚些。换句话说，我走“出”了中国等于更进一步走“进”中国文明。这方面的例子很多，我随便举几个。

中华人民共和国成立以后，中国社会涌现大量新的概念，我起初以为它们都是从欧洲输入的西方产物。进入印度文明以后才知道不是这么回事。比方说，“解放”，这是印度哲学的基本概念，梵文叫 mukti 或者 moksha。中国成语“魂不附体”是受到印度文明的启示。印度文明认为每个人都有“魂”（灵魂）附在“体”（身体）里。“魂”（灵魂）是永恒不朽的，“体”（身体）却脱离不了生老病死。人死了，身体躯壳溃烂，灵魂得到解放。这个观念早就由佛教传到中国，译成“解脱”。

人们一般认为法国大革命的“自由、平等、博爱”是西方文明的发明，其实是从印度传到西方去的。要讲“博爱”，西方文明是讲不过东方的。孔子的“仁爱”博大精深，墨子提出更博大的“兼爱”，可是和印度的“大慈大悲”相比，却是小巫见大巫了。佛教是“平等”思想的发明者。阎罗王执法，不论贫富贵贱，一律平等对待，中国民间称为“平等王”。佛教传到中国，中国民间产生“打抱不平”的思想。中国的《水浒传》是全球最早宣扬社会平等的史诗。太平天国的理想更发扬了“平等”的理想。至于“自由”这个中文名词，佛教文献中比比皆是，比美国独立运动和法国大革命早了好几百年。

印度语文发明了一种技巧，其他语文也效法。那就是在一个字首加“a”而造成相反的意思。比方说，“dharma”是道德，“adharma”是非道德。中国古代翻译佛经，学会了这一技巧，丰富了中文词汇。现在常用的“无比”“无敌”“无限”和“无忧无虑”“无边无际”“无情无义”等，都是这样创造出来的。

我在中国从小就会形容“佩服得五体投地”，却一直弄不清楚什么是“五体投地”，它和“佩服”怎么对号。印度文化传统注重礼节。对长辈、恩人、师尊及心中崇拜的人最大的礼节就是全身扑倒在地，头叩到受礼者的脚前。“五体投地”的梵文是panchanga，意思是行礼时身体的五个部分（膝、胸、颌、头、额）着地。我刚到印度时，父亲许多年前的学生远道来拜谒，一看见父亲就这样“五体投地”扑倒在他面前。这情景为我上了生动的中文课。

我从小就学到“摩顶放踵”的典故，《孟子》说：“墨子兼爱，摩顶放踵利天下，为之。”我教学生中文，碰到“摩顶放踵”就讲不清是怎么回事。有一次，我在新德里国际中心听一位著名女舞蹈家用示范动作来讲解自己的经历。她说，每天早上练功之前，先拜老师。她跪在老师面前把双手放到老师脚上，然后站起来，把摸过脚的双手擦自己的额头，象征着把师父的智慧与本领接收过来，然后整天苦练。我听了欣喜若狂，这不就是我想了解的“摩顶放踵”的意思吗？《孟子》不正是用这四个字来描写古人刻苦练功吗？印度社会晚辈见长辈的礼节，极为隆重的是“五体投地”，但现在不普遍了。一般很普遍的就是弯下身，用右手摸长者的脚，不擦额头，是传统礼节的简化（用《孟子》的成语形容就是只“放踵”而不“摩顶”了）。

亲爱的读者们，我们应该从中国古代的生活方式来了解“摩顶放踵”。中文“坐”字最早的写法（金文大篆）作，画的是两个人坐在“土”上。中国古时“席地而坐”（用垫子“席”坐在地上），没有桌椅板凳，印度也一样。这种坐地文化在印度仍经常看到，在中国基本消失。中国和印度古代坐的姿态有盘脚和跪着两种。中文“女”的甲骨文是跪着的姿态。这种姿态传入日本，至今仍然保持，在中国却完全消失。在印度这种姿态仍然能见到。

桌椅板凳是从唐朝开始传入中国的。宋朝以前，中国作坊干活都是坐在地上，师父徒弟坐在一起，徒弟感谢师父做出跪拜姿势，“摩顶放踵”（先用手摸师父的脚再摸自己的头）不会是大不了的礼仪。现在我们再来分析孟子所说的“墨子兼爱，摩顶放踵利天下，为之”，很显然，孟子是描写一群人，包括师父与徒弟，他们本着墨子提倡的“兼爱”精神，精诚团结，“摩顶放踵”，共同从事有利于“天下”大众的事业。这样的诠释就合情合理了。

再举“心猿意马”的例子。我是去了印度中央邦克久拉霍（Khajuraho）参观那里的10世纪至11世纪展示天神们性爱的神庙群雕刻后，才领悟了这中国四字成语的来龙去脉的。在雕塑中可以看到许多直立的马形兽，当地专家说，那是神话leongryph（梵文vydala）的象征符号。这是印度神话中兼有狮、马、象特征的怪物，具有引导人们胡思乱想的威力。

在实际生活中，我和爱人绮淑“走进”印度社会以后就更深入中国，更深入中印文明友谊。

图2-11是20世纪70年代我爱人绮淑和新德里邻居老大娘的合影。在她们两人的交往中渗透着一种既平凡又值得记录的情调。那时我们住在德里大学分配的宿舍中。隔壁邻居的女主人（英文系单身汉同事的母亲）和黄绮淑亲密相处。她来我家打电话，爱人绮淑去她家讨牛奶做茶招待突如其来的客人，欢欢喜喜。她常对黄绮淑说："你我别分彼此。如果我们两家不隔这道墙，我们就是一家人了！”这句简单的话道出了“中印一家亲”这个永恒的真理。

进入了印度社会，我们随时随地都体会到两大文明如同一家，没隔高墙。我小时候在中国生

⊙ 图 2-11 黄绮淑（右）与邻居大娘合影

活只知道除夕要大扫除、洗澡，把家中一切弄得干干净净迎接新年，不知道为什么要这么做。印度也有相似的习俗，新年添置新的餐具、厨房器皿，甚至客厅家具。北印度人过“灯节”，等于过年。燃放鞭炮、焰火，室内、室外到处点上油灯、蜡烛，目的在于把神请进屋（神喜欢光明，不喜欢黑暗）。

亲爱的读者们，外国人把中国的元宵节称为 lantern festival（灯笼节），这里面很可能有“中印一家亲”的因素。中国从前把年初一称为“元旦”（第一个早晨），把大年十五称为“元宵”（第一个晚上），两个节日都热烈庆祝。中国庆祝元宵节是从唐玄宗开始的，起初叫作上元节，首都和大城市三晚取消宵禁（晚上关闭城门、街上戒严），是历史上空前未有的。那时的目的是庆祝佛国印度的新年。因为人们知道，印度农历每个月是从月明十五开始的。（中国农历每个月是从月晦开始，两国月历有 15 天差异。）这当然使得中印文明亲上加亲了！亲爱的读者们，我说得对吗？

如果读者们认为我说的有些新意，那是因为我是在“中印一家亲”的深水里发出声音。“中印一家亲”是汪洋大海，我发出的声音只是一点泡沫。我的这本书载不动这大海，还得请读者们下海来亲身体验。再有，我的“逝者如斯”故事才刚刚开始，还得把它讲完呀！

第三章　30 多年的印度粉笔生涯

最近几年，我经常在印度和中国遇到一些退伍的印度军官，他们听说国防学院 15 到 19 期的学员是我的学生，都十分惊讶（因为比他们早了几十班）。1958 年我加入时，印度国防学院创办院长哈比卜拉（Ibrahim Habibullah）陆军少将还没有离职。国防学院的学员是念完十年制中小学后报考选上的德智体全面发展的青年精华，三年毕业后到部队训练一年就当军官，从少尉开始，定期晋升（杰出的可能从“将”的军阶退伍）。学员在第二、第三年都必须选修一门外国语。在 20 世纪 50 年代，该校的外国语有俄文、法文、中文、波斯文和阿拉伯文。空军学员的学科与军训比海陆两军少，因此外文课程增加。学员年轻聪明，进步快。我教了一个学期就保送十几名学员参加国防部的外文（中文）初级考试（Preliminary Examination），个个都考取了。这是该校历史上从未有过的，得到院长哈比卜拉的口头表扬。我教完第二学期，更多学员考取了初级文凭，17 期空军学员帕特尼（Vinod Patney）继考取中文初级文凭后更通过了高级考试(advanced Examination)。他后来成为印度空军副总司令。

我在国防学院一年半的经历特别令人难忘。印度军队过去是大英帝国军队的主力，以前高级指挥都是英国人，中层军官中有印度人，下层官兵是清一色的印度人与尼泊尔人。独立后的印度军队建制基本不变，所不同的是英国人都走了，除了尼泊尔人的廓尔喀部队（Gorkha Regiments）仍然是印度军队的一部分以外，其他人（从最高指挥到士兵）都是印度人。国防学院创院院长哈比卜拉少将就是英国桑赫斯特皇家军事学院（Royal Military Academy Sandhurst）毕业的军官。印度独立时一分为二，成为印度和巴基斯坦两国，军官和士兵可以在两国之间自由选择。穆斯林军官大多选择了以伊斯兰教立国的巴基斯坦军队，哈比卜拉少将是少数选择印度的穆斯林军官之一。

国防学院的英国文化气息很重，交往媒介全部用英语。我加入那天，接受学院人事科长的训话。他要我“对人和善，避免亲昵”（be cordial, not intimate），是典型英国绅士风度，有点像《论语·子路》教诫的“君子和而不同”。但是在中国和印度民间，“和善”与“亲昵”是不矛盾的。我和同事与学生一年半的相处达到一定的亲昵程度。17 期一位陆军学员在分别以后，接连三四年写信给我祝贺生日，他后来以少将的军阶退伍。

周恩来总理曾经于 1957 年初访问过国防学院。1958 年秋我加入以后，学院的师生还没有忘记一年半前周恩来总理访问该校的热烈情景。学院每周一次的全体师生正式晚餐（得穿礼服），周总理作为贵宾参加了。他走进餐厅后就和一千多学员逐一握手，礼貌之周到无以复加。

我在国防学院看到的最动人的“中印一家亲”场面是 1958 年冬天该校举行结业仪式，外国驻印度的武官和印度陆军南方军区的首长都来参加。校方指派了一些文武官教员充当从新德里来校做客的外国武官的侍从副官。我被派为中国武官张彤大校（他后来先后担任中国驻刚果、巴基斯坦、埃及与前联邦德国大使，以及国防部外事局局长）的临时副官。在酒会上，张彤和刚从北京回国的印度前任驻华武官、当时是南方军区的首长之一的一位准将〔名字记不准确了，可能是马力克（Malik）〕旧友重逢，当着数十男女贵宾的面热烈拥抱。那位印度准将对张彤详细讲述他在北京离职时，叶剑英元帅超越外交仪礼规定热情欢送他的情景，叙述时充满感激与敬仰。我作为唯一听到这番谈话的第三者等于上了一课，大大增加了我对“中印一家亲”的感性知识。20世纪50年代、60年代，周恩来总理是超越外交礼仪规定热情对待外宾的著名典范。叶剑英效法周总理，展示出中国文明热情待客的优良传统。叶剑英元帅曾经是1958年1月26日印度首都国庆阅兵及彩车游行盛典的外国主宾，印度军官对他很熟悉。

1959年，中印边境武装冲突后不久，我接到印度国防部调我去外国语学校（School of Foreign Languages）教中文的指令。这两件事是有关联的。印度政府开始把中国当作敌对国，加强军队中的中文训练。国防部下属的外国语学校增设一个翻译班（Interpreting Course），调我去任教。我将被调离的消息传出以后，国防学院校园内议论纷纷，多半认为两国关系紧张，我作为中国人不能再待在国防学院了。甚至有谣传说我被捕了。

校领导叫我别听外面胡说八道，说我被调走是政府对我重用。新院长萨姆逊（Benjamin Abraham Samson）海军少将主持了欢送会，欢送我和其他三四位军官离职。政府给头等火车票以及行李搬运费，到了新德里马上住进政府官员住宅区（一般必须等候好几年才能得到房屋分配），可谓享受特殊待遇。

图 3-1 和图 3-2 是在政府官员住宅区家门口拍的。读者从中可以看到我和爱人绮淑以及儿子梵天 1959 年刚到新德里的状况。政府本来分给我更大的 D2 级房子，那是较高级官员住的，官

⊙ 图 3-1 谭中全家于新德里合影

⊙ 图 3-2 谭中一家人坐在轻便摩托车上

员底薪须在500卢比以上，我参加工作才两年，底薪从400卢比开始，不够资格，因此分到E级的房子。新德里是首都，上层人士云集，应酬多，开销大。我的工资并不充裕。爱人绮淑和儿子穿的衣服都是她自已亲手缝的。图3-2中的轻便摩托车，在印度被称作scooter，是弟弟谭立送给我的。我们一家由它载着，出门方便。20世纪70年代买了汽车以后，有时节省点，我仍然骑它，但儿子长大了站在前边就不那么方便了。

国防部的外国语学校办有全天的外语翻译班，也有业余的初级班与高级班。我主要教全天的汉语翻译班，学生多半是军人（军官与士兵），也有少数情报部门文官。所谓翻译班就是要在16个月（现在增加到23个月）内把从未学过中文的学生训练成政府的中文翻译员。这是一种速成训练课程，没有预先设计好的课程内容与教科书，教员想教什么就教什么，有绝对自由。上下午都有课，作业都在课堂上完成。我从周一到周六整天和学生在一起，周末也常常和一些军官在家中聚会、玩桥牌、喝酒、吃饭。

但是这不是我当时生活的全部。我还以校外教师的资格报考德里大学硕士考试，获得了该校历史硕士学位，更继续在德里大学历史系注册为博士研究生。亲爱的读者们，我写到这里就想起我们夫妻之间第一次大吵架，使得我改变生活方式，为日后的前程铺平道路，这一点使得我对黄绮淑终生感激。

吃喝玩乐、好逸恶劳是中产阶级一般人的本性。我从小离开父母，虽然在中学和大学都吃“公费”，却也懂得生活节俭。1959 年开始在印度首都生活，成为政府一级文官（公务员），产生了对生活满足的情绪。但我在印度只有学士学位，在印度讲究学历的知识界社会是不能闯出一番事业的。这一点我爱人绮淑比我看得清楚。有一天晚上，她十分执着地向我提出，要我参加德里大学硕士考试，取得硕士学位。我毫无思想准备，立刻以大男子的家长作风否定她的建议。她坚持不懈，两人争吵到快要翻脸的地步。我和她结婚已经五年，我们从开始认识至今感情一直很深，我对她陪同我去印度同甘苦、共患难一直感激在心。每次我们发生争执，我都会在最后软下来。这次也一样，我依了她。

“好马不吃回头草”是湖南一句常用的俗话，也成为我的性格。我在湖南成长，充满“湖南牛”的精神，有一股蛮劲。我刚到印度马上要在两年内参加印度大学本科考试取得学位，考试答卷都用英文，有相当难度。再加上我还得向新加坡《南洋商报》投稿，每天晚上开夜车到半夜，也熬过来了。夫妻争吵以后，我立刻去德里大学注册，一年内参加考试，于 1962 年取得历史硕士学位。我的外国语学校的学生得知消息，一方面向我祝贺，另一方面也表示惊讶。他们说：“你从来没请过一天假呀！”那时我才真正感到“天下无难事，只怕有心人”的硬道理。

60 年代初，我进入三十而立，一家三口在印度首都的生活可谓安稳而舒适。新德里（政府机关所在地）和老德里（德里大学所在地）都是印度知识精英聚集的地方，由于我属于印度政府机制以内却又来自中国，很容易扩大交往，印度朋友把我当作友好的中国文明使者。我到位于新德里的国家档案局（National Archives）去找研究材料，得到副局长和他手下的人的特殊帮助。英殖民时代，印度的档案保存与开放和英国一样好（是全世界最著名的），可以查到东印度公司的许多文献。有时候，档案局工作人员遇到涉及中文而产生的疑问，我也尽自己所知帮助解答。文明本来就是全球的，在学术领域内只有思想的交往，没有国界阻挡。当时中印关系基本上融洽，两国友谊在我的交往中刮着顺风、增加着暖气。再有，泰戈尔是全印度的伟人，父亲谭云山紧密追随泰戈尔也大有名气。父亲的名气更使得陌生者对我一见如故。

天有不测风云，中印边界纠纷越来越恶化，最后于 1962 年 11 月打了一场为时不长、范围不大、后果严重、伤痕久久不能愈合的战争。中国军队主动鸣金收兵，单方面宣布停火，印度军队在败退的情况下接受了停火。随即中国遣返了印度俘虏，退还缴获的武器。这场战争严重伤害了中印两国之间的亲热友好感情。印度公众舆论转向反华。

图 3-3 是 1961 年（中印战争前一年）12 月尼赫鲁总理到国际大学主持年会时和外国学生们拍的。尼赫鲁（左一）坐在印度式长条座位上，学生们坐在地板上。照片中有两个中国留学生（前排右二着白衫的女学生和后排坐地的左一穿西装的男士）。我的妹妹谭文（后排右二）和谭元（后排右三）也在场。照片中大家表情都严肃沉闷，中印关系恶化在“中印一家亲”气氛浓厚的和平

⊙ 图 3-3 1961 年 12 月尼赫鲁主持国际大学年会

乡罩上乌云。

我妹妹谭文 1936 年生于湖南长沙，4 岁去印度，在国际大学从幼稚园一直读完博士。1956 年，她陪同父亲回国观光，毛泽东主席和周恩来总理接见父亲时她都陪同。1957 年周总理访问国际大学时，还邀请她读完博士以后去北京大学教孟加拉文。1962 年打了那一仗，这个美好的建议无法实现。更使她难过的是，战争刚打完，她到导师家去求教时，导师家里来了客人，正在议论中国（把中国当作敌人）。她进屋以后，导师介绍说："她不是那些坏人之一。"（"坏人"泛指中国人）从小生长在中印友好环境中，一直既爱中国又爱印度的谭文，听到这话以后感情上遭到沉重打击，旧日的"中印一家亲"美梦顿时消失。

那个时刻，由于印度政府把住在印度的华人与华裔一概当作潜在的对印度安全的威胁，有人被驱逐出境，有人被送到印度中部拉贾斯坦邦（Rajasthan）的集中营。政府也对一些有名的华人华裔进行监视。我的表舅杨允元是 20 世纪 40 年代离开中山大学教职去印度的，先在国际大学当研究员，1948 年外国语学校成立，他就被聘为中文讲师，在政府与中国打交道的部门中德高望重，住在高级政府人员区。1962 年战争后，他的住宅成为监视目标，使他非常气愤："我忠心耿耿服务，却把我当嫌疑犯，岂有此理！"他最后于 60 年代去美洲教书。

当时在外国语学校教书的我，向往生活乐趣，有点沉浸在"今朝有酒今朝醉，明日愁来明日愁"的诗境之中。我当然也成为印度公安部门监视的对象，但觉察不敏。有一天晚上，几个学生军官在我家吃饭玩牌结束，我送他们出门，才看见好几个便衣侦探尾随这些军官。

那一阵子，德里的中国饭馆遭群众攻击，纷纷把招牌改成日本名字。德里日本人的汽车显示出“We are Japanese, not foes”（我们是日本人，不是敌人）的标志。我和妻儿住在印度政府官员住宅区，不常外出，没有遇到任何麻烦。有一天晚上，我们从朋友家吃饭后返回，中途我的摩托车翻倒，爱人坐在后面跌倒在地，顿时一群行人围上来帮忙扶起车辆，并亲切地问我们受伤没有。那种情景使我觉得自己仍然生活在友好的印度，好像中印战争并没有发生，即使发生了也对我和家人并没有影响。

读者们也许知道印度杰出的政治家、印度前总理瓦杰帕伊（A.B. Vajpayee，1924—2018）。他是印地文诗人，印地语讲演特别动听。50年代和60年代他在野时言论比较反华，后来当了印度总理却主张改善中印关系；他在野时经常在国会抨击尼赫鲁，后来当了印度总理却成为尼赫鲁式领袖。下面在谈到他对我“中印一家亲”生涯的影响以前，先向读者报告我和黄绮淑曾经与他有过一番相处。那是 1975 至 1977 年间，印度总理英迪拉·甘地解散国会、宣布“紧急法令”的 21 个月的非常时期。瓦杰帕伊和许多反对党领袖都被监禁。他身体不好，政府送他到全印医学院（All India Institute of Medical Sciences）医院治疗。当时黄绮淑动手术，因为儿子梵天在全印医学院学习，也进了那个医院。黄的病房就在瓦杰帕伊病房的隔壁。黄每天傍晚散步，总是在走廊上碰到瓦杰帕伊，两人互相微笑。瓦杰帕伊当时仍在监禁中，房门口有警察守卫，不便和陌生人谈话。我每天从大学下班后就住在妻子的病房中照顾她。医院食物乏味，我常常买些小鱼，利用护士室的电炉煎鱼给她吃。瓦杰帕伊是单身汉，有一位考尔夫人（Mrs Kaul）义务照顾他。我和考尔夫人经常在护士室见面（她也炸些印度点心给瓦杰帕伊吃）。瓦杰帕伊是虔诚的印度教徒，但吃荤。我就送点小鱼给他吃。许多年后，我们在一次晚会上见面。我问瓦杰帕伊（那时他还没当总理）记不记得当时住院的情况，他说记得。

1963 年，和平乡谭云山的名字在遥远的首都德里的国会大厦振荡。那是中印战争过后第二年，瓦杰帕伊在国会人民院（下议院）对政府提出质问说，国际大学中国学院院长谭云山有一个儿子在中国军队，另一个儿子在印度军队，究竟是怎么回事？这一提问等于在谭家平静的印度生活环境中扔下一颗炸弹。瓦杰帕伊提供的信息并不是捕风捉影，但也不完全符合事实。谭云山“一个儿子在中国军队”指的是我二弟谭正。他是1932年出生于湖南长沙，一直在国内生活。1949年长沙和平解放后参军，在海军当体育教官。1956年父亲回国观光还见到他。

图3-4这张照片很多印度朋友都看到过（父亲右手边穿海军制服的就是谭正），这就是瓦杰

⊙ 图3-4 谭云山（中）与儿子谭正（左）合影

帕伊说的谭云山“一个儿子在中国军队”的证实。不过，他提问时，谭正已经离开海军到长沙一个中学教书了。

瓦杰帕伊在国会说的谭云山的“另一个儿子在印度军队”却不准确，他指的是我。我只是印度国防部的文官教员，我是教印度军队中文，不是在印度军队中服役。其实这也正是“中印一家亲”的体现。像这种同一家庭成员跨越国界服务也算不了什么。再有，谭云山的一个儿子参加过中国海军，另一个儿子在印度国防部服务，这只是一种自发的现象，是儿辈自己的决定，并不是谭云山的有意安排。也可以说，这是中印友好气氛中冒出的新鲜事物，不值得大惊小怪。可是因为当时两国关系不很好，印度政界对中国的敌对情绪很浓，小事变成大事，好事变成坏事。问题在国会提出来了，印度国防部立刻认真进行调查。

当时我在报纸上也看到瓦杰帕伊在国会提问的消息，依然怀着“明日愁来明日愁”的情绪，照常教书、生活，并不提心吊胆。一两个月过去了。有一天，我照常上班，还没走到教室就被校长叫去。校长把国防部给我的停职命令（termination order）交给我，我看了惊慌失色。

校长马上叫人给我一杯牛奶茶，我喝了镇静下来，打道回家，和爱人商量一阵以后，决定去找当时在新德里当副部长的、待我像儿子一样的钱达先生。钱达思考了一下说："你去见尼赫鲁总理！"

我在一两年以后从教过的学生那里知道，国防部调查我在外国语学校的行为，没有发现任何问题，得出的结论是："谭中和学生的关系太好。"这并不是负面的评语呀！问题在于我是中国人，当时拿的是中华人民共和国（印度心目中的敌国）护照。外国语学校当时的校长是很胆小的人，他不敢挺身而出担保我，这就等于我没有保护伞了，国防部负责这方面工作的官员就只能结束我的职务。

亲爱的读者们，这也是命运指引我这只鸟按照《孟子·滕文公上》说的"出于幽谷，迁于乔木"大势飞行，也使我这棵中国文明的树必然会在孪生文明——印度文明生态环境中继续茁壮成长，闯出一番事业。钱达先生叫他的私人秘书帮我在打字机上（那时没有电脑）打出一封寄给尼赫鲁总理的信。当时正是尼赫鲁生日（11 月 14 日）的前一天。我记起了一年以前在外国语学校接到一项翻译任务。那是一位新加坡人用中文向尼赫鲁写了一封信，说他在报上看到一种印度新发明的什么机械很有兴趣，就写信给印度总理询问怎么能买到。总理办公室很重视这封信，因为是在尼赫鲁生日那天寄到的。我从这一经验中得到很大启发。我写给尼赫鲁的信中第一句话就是祝贺他生日快乐、健康长寿、功绩累增。然后再作自我介绍，把 1957 年从他手中接过国际大学毕业文凭的事写了出来，再向他汇报自己被国防部辞退的事，要求他接见。

我拿了信正要从钱达官邸动身，他的秘书告诉我，把信送到总理官邸如果遇到困难，可以找总理办公室秘书某某人，他与钱达先生熟识。果真我到了总理官邸就被门警传达室拦住，我说要交一封信也不行。我说出某某人名字，传达室打电话过去，回话是他不认识我，我急中生智说是钱达部长派我来的，这才通行无阻，进到办公室把信交了。三四天以后我就接到尼赫鲁亲自回信，约我于 1963 年 11 月 23 日上午去他办公室简短会见。

亲爱的读者们，我永远不会忘记这个平生唯一的一次和一国最高领导人面对面对话半小时的经历。这天的日期也忘记不了，因为它恰巧是美国总统肯尼迪被刺的第二天。我走进尼赫鲁的秘书的屋子刚刚坐下五分钟，就有一大群拿着照明、录音、摄影器材的人穿过秘书的屋子走进里边的尼赫鲁办公室去，我才知道尼赫鲁利用第一时间向世界广播他对肯尼迪的哀悼。尼赫鲁是个细心的人，他还打电话问秘书我是不是等得不耐烦了。秘书在电话中说："他（指我）安静地坐着。"尼赫鲁的悼唁讲话不长，我记得他特别提到"那位坚强的女士"〔the brave lady，指肯尼迪总统夫人杰奎琳（Jacqueline）〕。尼赫鲁是世界领袖，他对世界事务知识渊博、见解卓越，是绝大多数世界各国领袖望尘莫及的。

广播讲话录音完毕后众人退出，尼赫鲁办公室恢复原来的安静。秘书示意我可以进去。我是小辈，尼赫鲁那时身体已经不好（几个月以后他就去世了），他坐在办公桌前看着我，叫我坐下。我简单地把我的经历告诉他。我说，我受聘到国防部的机构教中文 6 年，始终恪尽职守，现在无缘无故把我辞退，这是不公平的，我的一生事业也会被毁。我又告诉他德里大学正筹备建立中国研究系，有可能找我去。现在我是被政府辞退的人，没有人会用我的。尼赫鲁听着我讲，一言不发，若有所思。我把话讲完，看看表也有 20 多分钟了，就起身告辞。这次见尼赫鲁的气氛和 1960 年我陪同父亲谭云山见尼赫鲁的气氛大不相同。父亲和尼赫鲁是老熟人，1960 年那次会见时，尼赫鲁轻松地和父亲寒暄，不受时间限制，中间还有人送上奶茶和点心。尼赫鲁也不让我坐冷板凳，问我有多少学生等。可是这次会见是为了解决我的前程问题，因此他认真思索而气氛严肃。

我辞别总理以后还没有走出他秘书的屋子，就看见印度外交秘书（是印度外交人员及日常事务的总管，等于外交部常务副部长）德赛（M.J. Desai）走进当时是总理兼外交部长尼赫鲁的办公室去，我心中猜想，可能与我的事有关。果然两天以后，我接到全印广播电台（All India Radio）新闻部主任德赛（和外交秘书同姓，我从来不认识的）来信请我去他办公室。我去见了他，他有意请我去电台新闻处工作并兼任广播员，我没有当场应允，要求考虑后再给他书面答复。那时德里大学已有动静，登了报招聘中文讲师，决定先成立中国研究中心（因为建系先得由中央政府批准，煞费时日），新聘的中文讲师将负责中国研究中心的日常事务。我对这一职位很有兴趣，因此没有接受全印广播电台的就业机会，虽然这一机会明显地含有印度总理办公室的好意。

与此同时，父亲谭云山在和平乡得到我被政府解聘的信息以后马上写信给尼赫鲁总理请他为我解难。总理立即回信给父亲说，政府对谭中的表现没有不满之处，难处在于他是中华人民共和国公民，在国防部工作不合适。尼赫鲁又告诉父亲，他亲自接见了我，他希望我能够在德里大学找到很好的教书或研究职务。这封信现在保存在深圳大学谭云山中印友谊馆里。

我当了印度政府一级委任官不到10年，只能算是临时性质，不能算是永久性质。如果我是永久性委任官，政府辞退我必须提前6个月通知，或者发给我6个月工资作赔偿费。当时我是作为临时性委任官被辞退，政府发给我3个月工资作为赔偿费，也算照顾。

可是从总的形势来看，1962年中印战争以后，在印度的所有华裔都可能遭到迫害。有一个例子，加尔各答有一所专为华裔设立的新华中学，打仗以后被关闭，校长张敬被驱逐出境。听华侨传说，他遭受的“驱逐”很不人道。半夜军警敲门，他身穿单薄的内衣开门以后就被抓走，连夜押送到喜马拉雅山上的中印边界交给中国边防军。亲爱的读者们，现在看起来，这个传闻是不那么真实的。但是当时在印度的华人都信以为真。我们夫妇听到消息后也是不寒而栗。爱人绮淑特地赶到市场，为我买了一件厚呢子睡袍，并且再三叮嘱，如果有人半夜敲门，先把睡袍穿上再去开门（免得押送边境时受冻）。那时我还没被政府解雇，已经想到未雨绸缪，后来被解雇了，一家三口更加提心吊胆。

很久以后我才知道，尼赫鲁领导的国大党政府对谭云山全家始终是“中印一家亲”的，是超越“敌国”政治关系的。1964 年 6 月，我受聘为德里大学中文讲师，以我在政府的工资水准决定起薪。曾经担任过政府部长的大学校长德施莫克（C.D. Deshmukh，1896—1982）亲自对我说：“你来了我很高兴。”（I am glad to have you.）可是我还没好好安顿下来，校长办公室就接二连三地问我要尼赫鲁总理写给父亲的那封希望我在德里大学找到好的职位的信的副本。我一共给了三次。大学不告诉我为什么，我也不去打听，但我知道德里大学是国立大学，教员也等于是政府人员。

我是中国公民，必然会有政府部门审核批准的事情暗中进行。我平安无恙，尼赫鲁信中那句话一定起了作用。有一天，我在一个公众活动中碰到一位在教育部工作的政府官员。他说他知道我，还说尼赫鲁总理热情希望我到德里大学教书。真相的一切都显露出来了。

亲爱的读者们，作为湖南人，人生的甜酸苦辣我都不怕，具有随遇而安的勇气。我喜欢唐朝诗人罗隐的“得即高歌失即休”，但我有所得的时候并不歌唱，有所失的时候并不罢休。我被辞退不能继续留在印度政府工作，不是出于自己的意愿。如果印度政府继续信任我，把我留下，我性格中的“士为知己者用”等传统精神是不会让我跳槽的。可是我真是长期在外国语学校待下去的话，那我这只小鸟就会在“幽谷”里困守一辈子。现在我飞了出来，变成“乔木”大树林中的司晨使者。爱人黄绮淑也加入教学行列。两人合唱，歌声更为嘹亮。

图 3-5 是 20 世纪 60 年代爱人绮淑在德里大学教中文课的情景。德里大学建立中国研究系的计划还没有得到教育部批准，我暂时挂在佛学系门下。凑巧佛学系主任郭克雷（V.V. Gokhale）

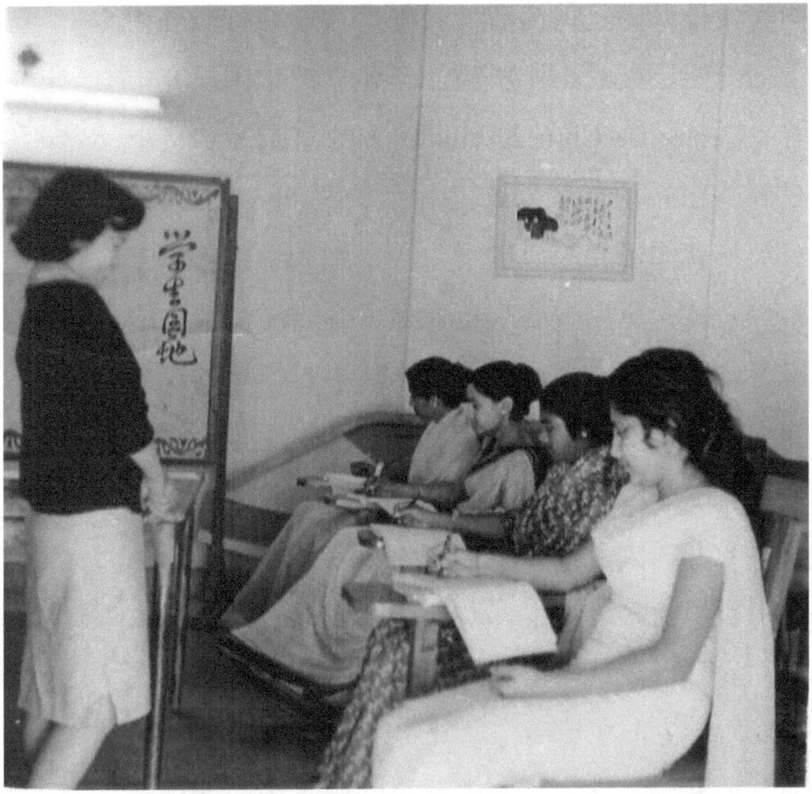

⊙ 图 3-5 黄绮淑在德里大学任教

教授是一位德国留学的中国学专家，30 至 40 年代他曾经是国际大学中国学院资深研究员，是父亲谭云山的老朋友。以前他在浦那大学当教授，我在国防学院教书时，还和爱人去拜访过他。我加入德里大学后马上把大学的中文班办起来，学生太多，我一个人应付不过来，郭克雷系主任就向大学推荐聘任黄绮淑为教师。大学在校园外租下一幢两层楼的小洋房当作新建立的中国研究中心（Centre for Chinese Studies）的家园。名义上是郭克雷系主任领导，实际上由我们夫妇主管。黄绮淑就像研究中心的女主人，她和学生与员工打成一片，研究中心真正像是一个洋溢着“中印一家亲”气氛的大家庭。教书并不是简单的单向知识传授，必须是师生之间相互交流、引发共鸣。爱人绮淑在这方面特别擅长，我自叹不如。

亲爱的读者们，你们也许能从图 3-5 这张照片中看出爱人绮淑上课时和学生轻松愉快地打成一片。有很多具体情况我以前都不知道，是她去世以后学生们在悼唁中反映出来的。1978 年，我加入尼赫鲁大学，要去把五年的硕士中文课程办起来，这是一场严峻的挑战。爱人绮淑又帮我分忧，抽出时间去义务教课。她身段小巧玲珑，谁看见她都被她吸引。她有丰富生动的印度家常语言和印度电影的常识，善于利用它们减少教汉字时的枯燥。比方说，她在黑板上写了“高”字，然后说：“这是‘高’，Amitabh Bachchan（阿米达普·巴强）！”学生们张口大笑。这“阿米达普·巴强”是当时最红的印度电影男明星。他的一大特点是身材修长瘦削。爱人绮淑就这样生动地把“高”的概念灌入一众青年的脑中。学生们说，这个“高”字，以后想忘也忘不了。学生们上她的课，真是拜倒。

德里大学兴办中国研究项目得到美国福特基金会的雄厚财政赞助。一方面，大学选了 5 位知识精英拿福特奖学金去美国几所著名大学深造，几年后先后回到德里大学担当中国研究系教师。另一方面，我进入大学就职不久，哥伦比亚大学教育系教授胡昌度（1920—2012）就来到新德里担任福特基金会派到大学的顾问。

图 3-6 和图 3-7 反映出我和爱人绮淑 1964 年把德里大学中国研究中心建立起来后不久便得到和胡昌度交往的机会。图 3-6 是胡昌度遗像。图 3-7 中坐在中央的穿白衣服的长者是大学副校长、著名经济学家冈戈里（B.N. Ganguli）。他左边坐着的就是胡昌度。胡昌度左边坐着的是大学文学院院长达斯古普多（R.K. Dasgupta）教授。那时（1965 年）中国研究系已经成立，但还没有教授（或者副教授），系主任一职就由文学院院长兼任，由我负责具体事宜。

胡昌度在德里待了一年，使我大长见识。他

⊙ 图 3-6 胡昌度照片

⊙ 图 3-7 胡昌度（前排右四）与冈戈里（前排中）等的合影

比我大 9 岁，也是在国内成长，20 多岁才出国的。那时并不是他第一次到印度。1942 年他从重庆复旦大学英文系毕业后参加了远征军，到印度同盟军部担任翻译，曾经参与盟军车队从阿萨姆经滇缅公路运送粮食与弹药到昆明和重庆的任务。胡昌度中英文根底扎实，阅历极广。他坦诚、健谈，指点世界，天南地北。他说，1949 年他到美国留学，因为英文好占了便宜，很多华人吃了英文亏，找不到好的工作，只能徘徊于"三馆"（图书馆、洗衣馆、中餐馆）之间。他说，当时很多人读完博士，只能为美国教授"打工"（收集、整理、翻译中文资料），美国教授〔像哈佛大学费正清（John King Fairbank）〕踏着他们的劳动成果青云直上，"为他人作嫁衣裳"的他们却默默无闻。他说，新中国成立，抗美援朝，中国在美国人心目中突然变得头等重要，各大学研究中国的项目如雨后春笋。这一下美国的华人学者都吃香了，得到了好的就业机会。他们不分思想意识，都从心底喊："毛主席万岁！"

除了胡昌度，还来过好些美国的中国专家，已故的纽约市立大学著名历史学家唐德刚（英文名 Te-Kong Tong，1920—2009）就是其中之一。

他曾经为哥伦比亚大学的东亚图书馆建立做出贡献。他和胡昌度很想让黄绮淑到美国去专修图书馆学，将来回来主持德里大学中文系图书馆。他们大概也向德里大学建议了，后来没有成功。唐德刚也常和我们谈他在美国的经历。在过去，很多有种族优越感的美国人用“僵尼”一词侮辱华人（现在停止了）。60 年代初，唐德刚在纽约街道上走着，远远有一群美国年轻人大声朝着他叫嚷“僵尼，僵尼”。他忍不住气了就冲上前去，理直气壮地说：“僵尼现在有原子弹了！”那些美国青年自讨没趣，就灰溜溜地走开了。

我和黄绮淑听了胡昌度讲美国华人心底喊“毛主席万岁！”和唐德刚讲“僵尼现在有原子弹了！”的故事就像上了堂爱国主义的课。

胡昌度走了，韩效忠（英文名 Harold Han）接替他为福特基金会派到大学的顾问。韩效忠也来自美国哥伦比亚大学。他大概在新德里待了三年后回美国，不久辞去教职，开始经商，成为亿万富翁。2008 年我访问台北时会见了他，他是喜马拉雅基金会的董事长，2016 年不幸去世。韩效忠当顾问时，从台湾请了两位中文教员来加强德里大学中文班的教学，其中有何景贤，他是台湾著名的中文教学与研究专家。何景贤从 1966 年起至今一直是世界闻名的台北语文学院院长。最近 20 年来我在台北见过他两次，受到他的热情款待，承蒙他赠送《两岸现代汉语常用词典》，不胜感激。2016 年，人民出版社出版《对外汉语教育的拓荒者：何景贤传》，国务院台湾事务办公室前主任、海峡两岸关系协会会长陈云林为该书写了序言："无论两岸关系如何风云变幻、跌宕起伏，景贤先生始终秉持'两岸一家亲'的理念，为增进两岸同胞的情感融合发挥了积极作用。"我访问台湾时，看见他忙于接待大陆学者，组织他们与台湾学者交流，对他十分佩服。

图 3-8 是德里大学中国研究系最初五位教师和学生的合影。图中前排左二是黄绮淑。她的左边顺次是杜德、何景贤、王国维和我。杜德是教授兼系主任，其他四人都是中文教员，十分热闹。

现在我向读者介绍当时我的领导、系主任杜德 Vidya Prakash Dutt（1925—2011）。图 3-9 左边是杜德年逾古稀时的照片，右边是他的两本主要英文著述《中国与世界》（*China and the World*）和《中国的外交政策》（*China's Foreign Policy*）。自从杜德于 20 世纪 60 年代担任德里大学中国研

⊙ 图 3-8 德里大学中国研究系师生合影

⊙ 图 3-9 杜德及其著作

究系主任以后，他就是印度公认的中国学权威，经常上电台、电视。他也勤于写作，写过不少关于中国的文章，作过不少讲演，参加过不少国际会议。他在 50 年代曾经在中国学习、研究，后来在美国取得国际关系学博士。参加德里大学以前，他在印度国际关系学院（Indian School of International Studies，尼赫鲁大学国际关系学院 School of International Studies 的前身）当研究员。

1967 年谭云山退休导致国际大学中国学院衰退，正是德里大学中国研究系方兴未艾的时候。这象征着中国学在印度发展的第一个阶段结束，第二个阶段开始。第一个阶段是中国学在印度发展，目的是实现泰戈尔在圣蒂尼克坦建立世界鸟巢学府的梦想，是民间发起的运动。第二个阶段是中国学在印度发展，代表了中印关系交恶后印度把中国不是当作“敌国”就是当作竞争对手，是由印度政府推动的（并且由美国福特基金会赞助的）“知己知彼，百战不殆”运动。第一个阶段是在谭云山的领导下进行的。在第二个阶段，杜德本来应该是众望所归的领导，可是有两个发展。第一个发展是杜德跻身于印度政坛，脱离学术范围。他曾经是国大党政界的红人，被选为国会联邦院（上议院）议员，快要走进政府内阁，但没有走通。关于第二个发展，我和系里系外的朋友们私下议论：杜德担任德里大学中国研究系主任的大环境和费正清出任美国哈佛大学东亚系主任的大环境有些相似。费正清的特点是对下属与弟子特别照顾与提拔，在美国打造了一个“费正清王国”，也使他自己威望显赫（有人说他是美国中国学的“泰斗”，也有人形容他为“学阀”）。杜德做不到这点，错过了当“印度的费正清”的机会。从来没有谁与他争夺在印度发展中国学的领导地位，是他自己放弃了它。

父亲谭云山对德里大学中国研究系的建立也是有贡献的。他数度访问德里大学，参加大学对中国研究系教授的选聘并讲演。

图 3-10 记录了谭云山在德里大学中国研究系的一次讲演。讲演的地点是德里大学文学院大教室，时间记不清了（是在 1964 年至 1966 年期间）。用湖南俗话来形容，谭云山“有一肚子墨水”，他从小打下了坚实的国学基础，平时闲下来不是写东西就是看书。黑板上的字是他写的：“孟子说：君子有三乐，而王天下不与（存）焉。父母俱存，兄弟无故，一乐也。仰不愧于天，俯

⊙ 图 3-10 谭云山在德里大学中国研究系演讲

不怍于地，二乐也。得天下英才而教育之，三乐也。”谭云山很喜欢孟子这番话。“王天下不与存”就是没有出人头地的个人野心，“得天下英才而教育之”就是做一个好的教师，“桃李满天下”。这是他的人生观，也成为我的人生观。父亲教书，不但教学生中文，而且向他们灌输中国文化。我毕生也是这样做的。中国文化是教人们“格物、致知、正心、诚意”，做人处事以和为贵。印度朋友很欣赏，和印度文化互相辉映。

图 3-11 是另外一张中国研究系师生在图书馆聚会欢迎谭云山的照片，时间肯定在 1966 年以后。照片中央站着的是系主任杜德。我在右一。我想趁此机会特别介绍一下两个学生：一个是照片左一娜塔莎（Natasha），另一个是我右边的梅农（Shivshankar Menon）。娜塔莎是德里大学英语系同事的独生女儿。她大学一年级就参加了我们的中文班，是学生中最年轻的，大家都把她当小妹妹。后来她得到德里大学历史硕士学位，在

⊙ 图 3-11　德里大学中国研究系师生欢迎谭云山（左二）到访

大学一个附属学院教书，2015 年已经退休。她的一个特点是记住别人生日而每年寄卡片祝贺。50 多年来她每年祝贺我和黄绮淑的生日，从来没有间断。现在我们每次访问德里都和她会见。这样牢固的师生感情真是少有，也可算是“中印一家亲”的事例。

历史上中国实行选贤与能的科举考试制度为全世界称道。到了 19 世纪科举腐败，20 世纪初被废除。大英帝国却在 19 世纪引进中国文官考试制度，先在印度试点，然后在英国推广。印度的文官考试制度一直保持到今天，通过考试录取成绩优异者为“印度外交官（Indian Foreign Service）”与“印度行政官（Indian Administrative Service）”两种。因此，印度的文官考试科目中有外文，外文中有中文。20 世纪 60 年代，文官考试是一次性的，学生报考时可以选中文为考卷之一。后来制度改成初试与复试，要通过初试进入复试时才能选择外文试卷。参加文官考试有七个试卷。一般考英文、历史、政治、经济等试卷很难得高分（得了 50 分就算不错了），可是中文试卷水平不高，我们教出的学生要得到 70 或 80 分易如反掌，这样就增加了考上文官的机会。印度文官考试是“高考”，千名万名应试者中选出一个。我们教的学生中就有四个考上了印度外交官，另外四个考上了印度行政官，使得德里大学中文课程声名远扬。这张照片中坐在杜德系主任和我之间的学生梅农，学完中文以后就当上了外交官。

图 3-12 是印度外交史上的一大佳话。这三个人是三代“梅农”，他们都当过印度驻华大使，最后升到外交部最高位置而结束印度外交官员生涯。左边是第一代的老梅农（K.P.S. Menon，1898—1982），他是 20 世纪 40 年代印度第一任驻华大使。中间是他的儿子，也叫“K.P.S. Menon”，是 80 年代的驻华大使。他们父子俩都从驻华大使的位置升为印度外交官总管然后退

⊙ 图 3-12 三代“梅农”

休。右边是我们的学生梅农，也踏着前辈的足迹前行，21世纪初任驻华大使一职期满后升任印度外交秘书，然后退休。但是他青出于蓝而胜于蓝，退休后又被返聘成为正部级国家安全顾问，是我们教出的学生中最声名显赫的。我记得当时梅农是一次“中举”（尝试两三次才考取印度文官是很普遍的）。他成为外交官后，又考过了外国语学校中文高级考试而提早两年成为正式外交官。

老梅农的女儿在中印交往史上也有名气。他的四个女儿中有三个在中国念过大学，即图3-13中的左边三位。左一是老梅农的二女Parvathi。左二和左三分别是老梅农最小的双生女儿Malini和Malathi。

我在20世纪50年代去印度前就在中国听说过印度驻华大使的女儿参加过中国进步学生运动（甚至有传言说她们加入过中国共产党）。这

⊙ 图3-13 老梅农的四个女儿

事在我脑中一直是个疑团，现在揭开了。抗战时期，成都的金陵女子学院校长是中国著名教育家吴贻芳（1893—1985），她的学生中有很多进步分子。梅农大使住在陪都重庆，重庆和成都相隔不远。1943 年老梅农到重庆赴任时，已经在新德里念大学的 Parvathi 和父母一同先从加尔各答飞到昆明，然后去重庆，梅农开始在重庆建立印度使馆，Parvathi 独自乘车去成都进了华西坝的金陵女子学院。她的两个双生妹妹 Malini 和 Malathi 是 1945 年在印度念完中学才去成都的。她们也到华西坝大学区念书，但进的是燕京大学。1946 年中国国民政府和金陵女子学院都迁回南京。Parvathi 回去印度结婚，Malini 和 Malathi 跟随父亲到南京继续念书。燕京大学迁回北京，她们就转到金陵女子学院，一直到 1948 年梅农离任。我们的学生梅农是 Malini 的儿子。20 世纪 70 年代初，梅农请我和黄绮淑到他家吃饭见过他母亲。

我在中国听到的关于印度大使女儿的传言，主要和 Parvathi 有关。金陵女子学院数百学生中就她一个印度学生，和中国姑娘们同住在学生宿舍内，相处得很好。Parvathi 的好友经常带她去参加共产党领导的地下活动。她记得在一次秘密聚会中见到了当时担任中共中央北方局代理书记的邓小平。作为唯一的外国学生在场，Parvathi当然引人注意。校长吴贻芳知道以后就劝她别参加那些活动，她接受了校长的劝告，不再参加。她虽然有过这段经历，但从来没有参加过中国共产党。Parvathi在金陵女子学院还结识了当时在成都和重庆很活跃的加拿大左派传教士文幼章（1898—1993，英文名James Gareth Endicott)。

最右边的照片是Madhavi Thampi。她是Parvathi的女儿，在美国留学后回国参加德里大学中日研究系，教中文和中国历史。最近提前退休，现在仍担任英文刊物*China Report*（《中国述评》）的编辑。她有很多英文著述。

从1964年我担任德里大学中文讲师一直到1966年杜德加入当中国学教授兼系主任为止的两年期间，我实际上是有实无名的中国研究系主管。当时大学特别关注中国研究系建系事务的副校长（不久后就成为校长）、著名经济学家B.N. Ganguli对父亲谭云山很敬重，我也经常向他汇报。我把德里大学新开的中文班办得有声有色，我教中文也很称职。但我清醒地意识到，大学是最高学府，德里大学是印度中央政府的智库，是印度高等教育的旗帜，我必须迅速提高自己的学术水平，才能愉快胜任。1963 年我离开外国语学校，等于告别了教书匠的生涯。1964 年我加入德里大学，等于走进了学者的新天地。

实际上，我在受聘讲师之前，已经是德里大学历史系的博士研究生，研究的课题是英国、中国和印度的三角贸易和鸦片战争的起因。1964 年我加入德里大学时，大学已经派出学者到美国留学，为大学未来的教师做储备。我则成为教师，为未来和美国留学回来的同事交流相匹配。1967 年以后，大学送到美国大学深造的年轻学者先后回来担任中国学讲师，他们是从耶鲁大学回来的戴辛格（Giri Deshingkar）、从哥伦比亚大学回来的白蜜雅（Mira Sinha Bhattacharjea）、从哈佛大学回来的古普多（Krishna Prakash Gupta）和从加州大学伯克利分校回来的莫汉蒂（Manoranjan Mohanty）。我和黄绮淑与他们都合得来，我们六个同事几乎成为“六人帮”。戴辛格和莫汉蒂积极组织大家每周星期三聚会讨论中国的发展，校外友人和外交部官员有时也来参加。后来印度国防研究分析所（Institute for Defence Studies and Analyses）所长苏伯（Krishnaswamy

Subrahmanyam，1929—2011）把他的办公室变成这个周三讨论会的永久地址，一直到他退休为止。这个周三讨论会就是印度中国研究所的前身。

图 3-14 这张漫画是印度中国研究所（Institute of Chinese Studies，简称“ICS”）前任所长阿查丽雅（Alka Acharya）于 2012 年请她丈夫制作的中国研究所元老的图像。研究所两位创所元老，戴辛格（1932—2000）与白蜜雅（1930—2009）早已不在人世，没有入画。漫画从左到右依次是：任嘉德（C.V. Ranganathan）、退休外交官冉

⊙ 图 3-14 印度中国研究所元老漫画

纳（Kishan Rana）、吴湃茜（Patricia Uberoi）、德施班德（Govind Deshpande）、莫汉蒂、黄绮淑、谭中、康维诺（Vinod Khanna）。

德施班德（1938—2013）曾是尼赫鲁大学东亚研究教授。德施班德右边画的是当今印度最权威的中国通莫汉蒂，许多中印之间非政府 NGO 交流活动都有他的足迹，曾代表印度参加过博鳌论坛。他是德里大学中文班最早的学生之一，被大学派到美国加利福尼亚州立大学伯克利分校念完博士后，回国参加德里大学中国研究系当讲师，1971 年和我差不多同时升任副教授。1969 年，莫汉蒂和戴辛格、白蜜雅共同发起我们的周三中国讨论会，持之以恒。中国研究所成立以后，他没有担任所长，就是像我一样挂名"主席"。我和他是中国研究所两个任职时间最长的主席。我们是同事，又是好友，但他总会经常提到自己是我和黄绮淑的"学生"。我的一些新观点与理论，他都带头欢迎，对我鼓励很大。

莫汉蒂右边画的是黄绮淑和我。虽然我俩从 1999 年下半年开始已经不住在印度，我们的灵魂（如果真有灵魂的话）还留在中国研究所。我的创所"主席"名义还保留着，直到 21 世纪初才摘除。多谢阿查丽雅，我俩的漫画像至今仍在中国研究所挂着。

最右边画的是康维诺（Vinod Khanna）。20 世纪 60 年代末他在印度外交部东亚司任职时就经常参加我们的周三讨论会。1991 年这个讨论会组成中国研究所时，他起了关键性作用，获得外交部的财政支持，他正好退休，成为中国研究所首任所长。那以后他就一直是中国研究所的积极分子，经常代表中国研究所到中国参加国际会议。

亲爱的读者们，我必须把没收进那张漫画的印度中国研究所的两位重要创始人戴辛格与白蜜雅介绍给读者。图 3-15 是白蜜雅；图 3-16 左三是戴辛格，右一是白蜜雅，左一是之前介绍过的吴湃茜，右三是黄绮淑，照片似乎是吃过饭以后坐下来休息时拍摄的。前面提到我主掌德里大学中国研究系时，和同事们结成小圈子，戴辛格和白蜜雅和我们夫妇最亲近，我们一起在家或到外面吃饭是常事。他们两人和印度政界右派领袖关系密切，是印度右派当政时的外交智囊。他们对中国基本上是友好的。

20 世纪 50 年代白蜜雅未婚时是印度外交官，在印度驻华大使馆工作，叫“马小姐”〔她未婚

⊙ 图 3-15 白蜜雅

⊙ 图 3-16 戴辛格与同事合影

时姓马立克（Malik）〕。那时北京的外交使馆不多，中国领导人常去国际俱乐部跳交谊舞。白蜜雅曾经当过周恩来总理的舞伴。她后来和另一外交官结婚后辞职（当时规则严，现在松了）。后来两人离婚，她带了女儿独立生活，成为印度早期的“中国通”。由于具有外交官背景，她着重研究中国外交政策与中印关系，在报刊上发表过无数篇有关中印关系的文章，经常上电台、电视。她一贯认为中印边界纠纷不能诉诸历史与法律（从历史记载争夺领土不会有结果），必须“政治解决”，由两国政府本着友好精神达成协议。2003 年，印度总理瓦杰帕伊在北京和温家宝总理会谈时，强调边界问题“政治解决”，提出总理“特使”协商，就是受到白蜜雅的影响。

现在转回来谈我与德里大学中国研究系。1971 年，系主任杜德升任为大学副校长。我那时刚好得到博士学位，升为副教授兼系主任，从 1971 年起一直到 1978 年我转入尼赫鲁大学担任中文教授为止。我自学成才，没进过世界名牌大学，同事们都是从名牌大学深造后回来的。但我并不自卑，因为我比他们对中国了解得深些。我们时常发生学术观点上的争论，并不是由于意识形态的分歧，而是因为我从中国角度看问题与他们从西方角度看问题很不一样。可是我的意见常常受到尊重。我也虚心向同事们请教，系务的重大决定都来自大家的集体智慧。

首先，我们必须把系的课程建设起来，采取了系内发展与系外发展齐头并进的方针。

在系内，我们开办了为期一年的全天中文速成班与副博士学位课程，招收已经获得硕士学位的学生来念中国学副博士，先念一年中文，再念两年副博士课程并提交论文然后获得学位。获得副博士后还可以继续从事博士研究。

在系外，我们和大学历史系与政治系协商，让他们修改硕士课程，增加中国的科目。我自己是从德里大学历史系得到博士学位的，和历史系教授们关系很好，有一个时期，历史系增加了三门选修课的中国历史课程（中国古代历史、19 世纪的中国与帝国主义、20 世纪中国革命历史）。我的博士研究课题是鸦片战争，主教“19 世纪的中国与帝国主义”的课。杜德的博士研究课题是辛亥革命，主教“20 世纪中国革命历史”的课。我和戴辛格合教中国古代历史。“19 世纪”和“20 世纪”两门课在历史系最吃香。

德里大学历史课程是第一年选修外国史，第二年必修印度史。过去外国史选修课里只有欧洲史，现在中国史喧宾夺主了。听说后来历史系又把课程改了，减少了中国历史。1978 年我离开德里大学以后仍然去教“19 世纪的中国与帝国主义”的课，一年以后不再继续。我把自己的教材整理成书，1986 年出了英文书 *Triton and Dragon: Studies on Nineteenth-Century China and Imperialism*（《海神与龙：19 世纪中国与帝国主义的研究》），深受学生欢迎。

大学是最高学府，追求真理的庙堂。我和同事们达成共识，我们开展中国研究是要真正深刻地了解中国。中国是什么样的，我们要让印度各界了解。虽然印度政府重视我们，我们却不当政府的应声虫。我们的这种态度也得到与我们交往的外交部官员的谅解。读者也许要问，当时印度对中国敌意很浓，我这种描写真实吗？绝对真实！印度大概是世界上言论最自由的国家之一，是“群言堂”，甚至“噪声堂”。当然，反华的声音在某些场合是响亮的。1962 年战后全印广播电台有个节目叫作 *India and the Dragon*（《印度和龙》）是鼓动反华情绪的，后来自然消失。我记得戴辛格、白蜜雅和莫汉蒂三人在一家主要英文报纸（大概是 *The Indian Express*（《印度快报》）上开辟了评论中国的每周专栏，他们三人轮流执笔，论点是客观公正的。我也间或向英文大报投稿，先写写历史性文章，慢慢转到中国当代发展与中印关系。我是不反华的，读者看了也欣赏。

1973 年我参加巴黎举行的第 29 届国际东方学者大会（International Congress of Orientalists），遇见了许多来自世界各国的华裔学者（当时中国大陆学者还没有走出去，只有台湾地区与香港地区的学者参加），我和他们愉快交谈。那时像我这样的华裔学者在国外担任系主任的事例是闻所未闻的（现在很普遍了）。我当时还持中华人民共和国护照，竟在关系不好的印度国立大学当上系主任，更是令人惊讶。我才发现自己是处于特殊情况。中印两大文明一家亲，父亲谭云山和印度领袖们一家亲，印度朋友并没有因为我的中国护照对我歧视或者排斥，我也生活与工作在“中印一家亲”的环境之中，虽然我的相貌和名字里都有我的“中国人”标志。我具有这个标志而成为印度知识精英的一分子在“中印一家亲”的气候中也是理所当然的。我认为理所当然，印度朋友也从不大惊小怪。

我和爱人绮淑在 20 世纪 80 年代后期加入了印度籍（国际旅行方便得多），父亲谭云山却从来没有。独立以后的印度共和国政府对“非印度共和国公民”谭云山依旧信任，不但找他咨询，而且把“绝密”的活儿交给他。那就是公务员“高考”的中文试卷，送给他审查、修改。（这是“绝密”，试卷是不能泄露的。）父亲退休后，这个“绝密”的活儿送到我手上了。我住在德里，印度政府联邦甄选委员会索性把中文考卷的誊写工作也交给我。我被请到委员会的办公大楼去，关在一间房内誊写，茶点食物络绎不绝，活儿干完了才放行。

1978 年我换了大学，这次是自己的选择。俗话说：“士为知己者死，女为悦己者容。”如果德里大学对我赏识，我性格中的“忠臣不事二主”的湖南传统不会使我离开它的。德里大学有一个中文教授位置，我也申请了，没有人和我竞争，可是有人暗中阻挠，面试拖延了好几年不举行，我只好另找出路了。恰巧那时候，位于新德里的尼赫鲁大学殷切希望我去任教。1969 年新创办的尼赫鲁大学（Jawaharlal Nehru University，简称

“JNU”）从一开办就有一个中文教授的位置，可是找不到适当的人选。大学语言学院的教授们看到我在德里大学逐渐出名，也经常和我在学术研讨会上交流，看中了我。双方一拍即合。1994 年我退休了，尼赫鲁大学这个中文教授的位置又空出来了。据我所知，因为没有找到适当的人选，直到 2018 年时这个岗位也仍然是空缺的。

换了大学，我的工作性质也有些改变。我在德里大学的那块小天地消失。我进入广阔的超越中国学的大天下。中印敌对的政治空气也逐渐消失，冬寒变成春暖。爱人绮淑继续留在德里大学教中文。她于 20 世纪 80 年代升任副教授，1997 年退休。我们继续住在德里大学分配的、坐落在靠近中心地区的德里大学宿舍，每天我开车向南去尼赫鲁大学，绮淑坐公共汽车向北去德里大学。读者们会认为这有点不公平吧！全家只有一辆汽车，没有办法。德里交通秩序很乱，绮淑开车没把握，我也不放心。

尼赫鲁大学可谓当时英迪拉·甘地总理领导的印度国大党政府的掌上明珠。经费充裕，想发展从不缺钱，引当时学校领导人的话说：“The sky is the limit.”（极限在天。）从大学成立的第一天起，它就摆出抢夺德里大学明星地位的势头。可是万事开头难，尼赫鲁大学需要一个从无到有、从小到大的渐进过程。尼赫鲁大学的制度和德里大学不同，中国研究在国际关系学院，中文教学在语言学院。我到语言学院担任中文教授。

当时学院里有 6 个五年一贯制（念完五年直接拿硕士学位）的外国语课程：俄文、法文、德文、西班牙文、中文、日文。俄文、法文、德文、西班牙文都有独立的系，都有十来个教员（俄文系最大，教员将近 20 人）。中文、日文和波斯文、阿拉伯文、朝鲜文、印尼文合在一个亚非语文系内，教员很少。巧妇难为无米之炊呀！我参加后是唯一的中文教授，另外还有三位教员，两位有讲师的编制，另一位是临时性的。我先设法找到一个讲师编制把那“临时工”教员的职务确定了，然后要求校方增加中文教师编制。十多年来，我也不怕领导厌烦，不断地要求增加中文教师名额。到我退休时，中文教师已经超过 10 名，基本上与欧洲语言系持平。我加入以前，五年的中文课程根本没有教科书。教员叫学生刻蜡纸、油印报刊新闻当作课本。学生水平差，说话不流利。我就整日上课，还把绮淑带去义务教课。我设法使学生得到北京语言学院（现为北京语言大学）的教科书给低年级当作课本。高年级念中文报刊。那时学校的风气是看不起语言教学的。我就鼓励学生不但学中文，而且涉足中国文化与历史以及当代中国政治经济发展。我在校园内组织有关中国的讲座及讨论会。久而久之，大学师生都知道谭中领导的中文课程有一定的中国研究水平。

1978 年我刚进尼赫鲁大学时就向校方抱怨语言学院只重视西方国家语言，忽略东方国家语言。当然，俄语对印度来说是很重要的，因为当时印度陆海空军都购买大量苏联武器，还有当时印苏合作开发新武器的项目，需要大量俄语翻译。可是，法语和德语在语言学院之所以具有压倒性优势，完全是因为受到传统的影响。自从 18 世纪殖民时代开始至今，印度客观地成为西方文明的部分领域，法语与德语一直是各大学的重要外语。尼赫鲁大学虽然是 1969 年建立的新型大学，也受到传统影响。我不时在大学与学院的教务会议上指出这一偏向，把西方语言系比作富裕的发达国家，把东方语言课程比作贫穷的发展中国家，引起一些同事反感，也有同事欣赏我的言论。经过不断的努力，我先争取让大学把中文、日文、朝鲜文和印尼文从亚非语文系分出来，建立东亚语文系，然后又要求大学把东亚语文系一分为二，建立独立的中文系与日文系。这一发展过程艰巨而缓慢。等到中文系建立时，我已经从大学退休了。

印度大学的制度是 60 岁退休，但大学批准优秀教师延聘 5 年，到 65 岁就不再延长了。1994 年我满 65 岁那天就是我和尼赫鲁大学告别的日子。在此之前，位于新德里的英迪拉·甘地国立艺术中心已经于 1990 年聘请我当教授顾问，主持该中心的东亚研究项目。所以我离开尼赫鲁大学后并没有退休，继续学术活动，一直到 1999 年我因病离开印度、定居美国为止。

我在尼赫鲁大学组织了两次大型学术活动。一次是 1981 年的纪念鲁迅诞辰百周年的学术讨论会，会前大学语言学院院长和我一同去位于新德里的中国驻印度大使馆会见申健大使，请中国派一位鲁迅研究专家来参加。申大使特别帮忙，我们迎接了中国鲁迅研究专家、《鲁迅传》作者王士菁（1918—2016）为讨论会贵宾并作报告，为会议增色不少。那时印度外交部东亚司司长萨仁智（Ranjit Sethi）也赞助这项活动，帮我们支付了王士菁在德里的住宿费用。印度中国文化专家昌德拉〔Lokesh Chandra，曾任印度文化关系委员会（Indian Council for Cultural Relations）主席〕也参加了这次活动，以一个传统学术前辈的身份，耐心听取许多带马克思主义思维的年轻人的发言。尼赫鲁大学中文系同学们在学术会上踊跃提交论文，使大学师生刮目相看。

鲁迅是印度青年特别喜欢的作家，他的文章与小说有英文和印地语翻译，在印度广泛传播。记得 20 世纪 80 年代我到南印度喀拉拉邦（Kerala）开会，被邀请到喀拉拉大学讲演。这个邦的左翼势力很强，大学学生们用英文引鲁迅的话比我所记得的更多，使我又高兴又惭愧。印度左派知识界"中印一家亲"的情谊是很浓的。

我既提议举办又具体负责这次纪念鲁迅的盛大活动，全力以赴。我把学生提交的十几篇发言稿都看了，修改了。我努力争取让大学校长在家举行小型酒会，招待王士菁、印度外交部东亚司司长萨仁智、中国驻印大使申健和少数参会贵宾。申大使还在使馆举行自助式晚餐宴请所有参加这次活动的人（包括几十个尼赫鲁大学的中文学生），十分隆重热闹。申大使说，使馆举行这样的招待会还是第一次。据我所知，尼赫鲁大学和中国驻印度大使馆只有过这么一次如此大规模的合作，过去从未有过，以后也没有发生。

1985 年我又组织了一次全印度中文教学的讨论会，请了印度各地绝大多数中文教师欢聚一堂交流经验。恰巧有一位在美国教中文的华裔教授顺道来参加，还请到一位曾在 20 世纪 40 年代到中国留学、在加尔各答大学教过中文的印度学者沈明（Satya Ranjan Sen）与会，十分热闹。当时在印度组织大型学术活动是很不容易的。大学没有好的招待所，没有钱支付外来与会学者的路费，这次大会完全靠印度各地朋友的热情而成功举行。

我在印度的时候，印度有四所大学有中文课程，尼赫鲁大学和国际大学有五年的专业课程，学完获得硕士学位。贝拿勒斯印度教大学（Banaras Hindu University，简称“BHU”）有三年的中文专修课程，学完后可以获得学士学位。德里大学只有一年的中文速成班与业余中文班，不给学位。在政府部门开设的中文班中，有国防部外国语学校的翻译班与业余班，有西海岸国防学院的中文课程，还有印度中央邦的五仙洞（Pachmarhi）

陆军教育部队总部开设的中文班。这三个地方的中文班都是为训练军人而设的。印度内阁办公室下属的对外情报局（Research and Analysis Wing，简称“RAW”）也在南印度迈索尔（Mysore）市设立了中文训练班。

在尼赫鲁大学，我不再有以前德里大学中国研究系那样的小圈子，那是因为以前那个小圈子还存在，我还在它里面。那个小圈子也慢慢扩大而成为未来的中国研究所（前面已经简单向读者汇报了）。我在尼赫鲁大学的新朋友很多，但交情比较一般。我要特别谈谈我和印度前总统纳拉亚南（K.R. Narayanan，1920—2005）的关系，好像有缘分，而且和尼赫鲁大学有关。

图 3-17 这张 1997 年拍的照片我最喜欢。左一位置是印度总统纳拉亚南。他手里拿的是《今日东方》杂志，封面有他的照片，里面有我写的庆贺他当总统、介绍他的经历的文章。我和绮淑从 20 世纪 60 年代他在外交部当东亚司副司长时就认识他了。1976 年中印两国恢复大使级外交关系，他是破冰大使。行前在家举行告别茶会，我俩也去参加了。1979 年他退休从中国回来，我们的中国研究小集团请他一起聚餐。随后他就担

⊙ 图 3-17　谭中夫妇与印度总统纳拉亚南（左）合影

任尼赫鲁大学校长，恰巧是在我加入该大学几个月以后。他在大学待了一年就去美国当印度驻美国大使了。他主掌尼赫鲁大学期间常常找我，像朋友一样。纳拉亚南从美国回来后参加政治活动，当过国会议员与外交部非内阁部长（state minister，通常译为"国务部长"）。后来当选为副总统。1997 至 2002 年任印度总统，可谓毕生地位显赫。但他平易近人，性格和蔼。我三生有幸，因为他不管到哪个领导岗位都记得我。他当副总统时要访问中国，就请我和绮淑去吃饭，问长问短。他在复旦大学做了正式讲演，大学送他该校新编的英汉词典两大本。他回到印度后就把词典送给我了。大词典对我来说特别珍贵，因为它不但是领袖的礼物，而且成为我多年中英文写作从不离手的工具书。我从印度到美国搬家许多次，许多值钱的物件都丢了，这两本七八斤重的词典始终跟随我走。那七八斤的重量加上纳拉亚南对我的厚爱，重量就无可估量了。

纳拉亚南当了总统，我和绮淑经常被邀请去总统府做客（既有大型国宴，也有在他住所举行的小型宴会）。他的总统官邸外面有很大的花园，是印度最美丽的花园之一，每年向公众开放，免费参观。纳拉亚南总统的小型宴会多半在花园中举行，使客人在饱尝佳肴的同时又能欣赏美景。图 3-18 展现的就是我们参加过的一次宴会的情景。在照片中，纳拉亚南的缅甸祖籍夫人（前排右三）带领一群女客在园中闲步。我爱人绮淑也在其中（二排左三）。小型宴会（实际上不小，用餐的客人包括总统府内官员，从不少于半百）赴宴的都是社会名流与外国大使，都有专车送接。只有我这一个客人自己开车，一直开到总统府里面总统住所的天井中停车。

⊙ 图3-18 在印度总统府做客的宾客

亲爱的读者们，爱人绮淑和我这样普通的海外华人到印度总统家享受贵宾待遇当然是稀有的，但是印度总统在家款待印度与外国普通人的事例却不一定稀少。好友、深圳大学印度中心主任郁龙余教授就两次入住印度总统府。若是将来中印人文交流大大开展，这样的例子会更多的。

纳拉亚南的政治观点属于国大党尼赫鲁型，他对中国很友好。当时是印度人民党执政。每年总统要代表政府向全国直播施政方案。讲稿由总理办公室拟好送给他。关于对华政策部分，他总会修改一下，使口气更有人情味，这是他亲口告诉我的。2000 年他以总统身份访华，在他动身以前，印度中国研究所和英迪拉·甘地国立艺术中心都接到印度总统府的紧急电话，电话里点名要找我，那时我已经因病住到美国芝加哥了。后来才知道，纳拉亚南总统想在中国讲演时引拿破仑形容中国为“睡狮”的话，想要我帮他找到原文。（后来我也去芝加哥大学图书馆搜寻，才发现原文根本不存在。）1998 年印度国际大学举行庆祝谭云山诞辰百周年纪念学术讨论会，纳拉亚南总统亲自去主持开幕式。我当时先去北京参加中国南亚学会举办的同样的纪念会，再赶回印度，到国际大学晚了一点。大学校长说，总统一到就问：“谭中在哪里？”我听到以后，心里热乎乎的。亲爱的读者们，我这样一个平庸的中国人能在印度国家元首的心目中有一席之地，那是最大的荣幸，是“中印一家亲”的赐予呀！

第四章　中印文明广阔空间任翱翔

1994年，65岁的我结束了粉笔生涯，至今已经超过四分之一世纪了。按照古代印度教传统，人生分成四大阶段：一、青春成长期（Brahmacharya），二、成家立业期（Grihastha），三、森林修行期（Vanaprastha），四、离家出世期（Sannyasa）。古印度这种入山修行的文化很早就传到了中国，使汉字中出现“山”与“人”结合的会意字“仙”，传达了入山修道成仙的概念。这个“仙”字可以说是印度“森林修行期”的写照，也推动中国在穷乡僻壤的山头建庙，使得名山在神州大地到处开花。古代俗话说：“世上好言佛说尽，天下名山僧占多。”中国名山寺庙织成的锦绣山河也是“中印一家亲”的见证。

如果按照这个古代印度教传统四大阶段来总结我的一生，我的青春成长期在中国，从1955年到1999年在印度的45年是我的成家立业期。

这以后，我脱离了印度传统的轨道，没有森林修行期和离家出世期，而是回到中国传统的“老当益壮”。

亲爱的读者们，我从 1955 年开始进入“中印一家亲”的大业，人在印度，心却时常飞到中国。那时交通没有现在方便，两国之间没有直航，再加上两国失和，我这在印度落户的身体不能随心任意翱翔，想飞就飞。1980 年以后，随着两国关系解除冷冻而回暖，我开始回国调查研究交流，穿梭于两国之间，深入体会“中印一家亲”的情谊，至今不断。

1978 年春，时任中国人民对外友好协会会长王炳南（1908—1988）率领友好代表团访问印度，受到英迪拉·甘地总理接见。那时我仍然在德里大学当系主任〔原来是中国研究系（Department of Chinese Stuides），后来扩充而成为中日研究系（Department of Chinese and Japanese Studies）〕，特别安排了德里大学欢迎代表团主要成员之一、北京大学国学大师兼印度学大师季羡林的大会。

图 4-1 和图 4-2 是 1978 年在德里大学文学院大楼内拍的，图 4-1 是我欢迎并引领季羡林进入欢迎会场，图 4-2 是会后季羡林和大学师生交

⊙ 图 4-1 1978 年，谭中在德里大学欢迎接待季羡林

⊙ 图 4-2 季羡林和德里大学师生交流

流〔右一是历史系同事德娃霍蒂（Devahuti）教授〕。那天我请了好友、印度社会科学研究理事会（Indian Council of Social Science Research）主席柯塔里（Rajni Kothari，1928—2015）来主持欢迎会。他在致欢迎辞时说，在历史上是中国向印度学习，在现代是印度向中国学习。这话说得很好。季羡林在讲话中回应了这一观点说，学习永远是双向的。这当然也对。季羡林对两国的古代历史都有研究，举了古代印度神话中“兔子没有礼物献给神，就把自己当成贡品”的例子。他说，屈原《楚辞·天问》中的“顾菟在腹”就是对印度兔子神话的回响。

1980年，新成立不久的中国社会科学院与北京大学合办的南亚研究所（所长是北大的季羡林，副所长是社科院的黄心川）与斯里兰卡的道路研究所（Marga Institute）联合在北京举行规模盛大的南亚会议，有印度、斯里兰卡、巴基斯坦、孟加拉国学者参加（外国学者机票由道路研究所提供）。我和黄绮淑也参加了（黄自付路费）。

南亚会议在北京友谊宾馆召开，规格相当高，但没有什么学术主题，南亚每个国家提供一个《国家报告》。印度的《国家报告》由柯塔里向大会提出，是他与戴辛格起草的。尼赫鲁大学校长、1997 年当选为印度总统的纳拉亚南也受到邀请。他事多不能参加，却嘱咐我在发言中注意只代表尼赫鲁大学，别涉及校外事务。

我和“季老”（羡林）有缘，也欠了他不少人情。图 4-3 是在北京大学校园内季老住宅前拍的，我（左三）的左边就是季老，右边是王邦维（他后来成为季老在北大的接班人），右一位置是耿引曾（她和我是《印度与中国：两大文明的交

⊙ 图 4-3 谭中（左三）与季羡林（右三）等人在北京大学合影

往和激荡》的合著者），左一位置是张敏秋，右二位置是北大印地语专家金鼎汉。从20世纪80年代开始，我每次到北京，一定会和耿引曾、张敏秋、王邦维聚会（季老经常参加我们的聚会）。

我虽然不是季羡林的学生，却一直把他当作良师益友。他写的书我都读过，也经常引他的话。1980年我和爱人绮淑参加南亚会议以后，在北京住了好几天，就住在北大勺园宾馆。后来我单独到北京多次，总是住在北大勺园宾馆。刚开始住下以后打电话要求拜会季老，季老回答说："不，我来看你！"果然就骑着自行车来了。那时他不但是北大副校长，还是全国人民代表大会常委，竟这样平易近人！他衣着朴素，走在校园内，不认识他的学生以为他是工友，他也不在乎。

有了那次经验以后，我到北京就不敢再打电话给季老了。张敏秋想出一个办法，在傍晚时刻，我和她骑着自行车去他家看他。他虽然是副校长，却仍然住在多年来的宿舍里，房子很小，客房和卧房堆满了书，还有没有打开的书的邮包（有的书是他买的，有的书是出版社或作者赠送的）。我每次去看他，他都送我一些书（他自己的著作以及向达、陈寅恪等著名学者的绝版书，市场上找不到的），对我的研究与写作有了很大帮助。我每次不但从他那里得到丰富的精神食粮，也有口福享受他款待的北京佳肴。

图 4-4 和图 4-5 是 1998 年 10 月印度驻华大使馆结合纪念谭云山诞辰百周年活动组织晚宴，并对我新编的英文书 *Across the Himalayan Gap: An Indian Quest for Understanding China*（跨越喜马拉雅鸿沟：印度寻求了解中国）进行首发。在

⊙ 图 4-4 谭中在《跨越喜马拉雅鸿沟：印度寻求了解中国》新书首发式上发言

⊙ 图 4-5 季羡林于《跨越喜马拉雅鸿沟：印度寻求了解中国》新书首发式上讲话

首发式上，季羡林和我讲了话。这可能是季老最后一次参加历时 3 小时的公众活动。当时他 87 岁，身体不太好，医生叫他别劳累，别参加公众活动。北大南亚所办公室主任李钰洁，追随季老几十年，季老身边没有亲人，她就整天照顾他。那次在北京纪念谭云山诞辰百周年的活动共有两场，第一场是全天学术讨论会，第二场是三天后在印度驻华大使馆举办的晚会。学术讨论会上午第一场季老参加了还讲了话，茶歇时离去。使馆的活动他从头到尾都在，一直到晚餐完毕大家都散了才离开。我和活动的组织者不知道他身体不好，邀请了他。当时李钰洁竭力劝阻，季老说："纪念谭云山的活动我一定得去。"季老多年来都有失眠的问题，晚上必须吃安眠药才能睡觉。安眠药吃久了会失效，得换药。季老从 20 世纪 80 年代开始就有多种不同的安眠药，不断轮换着吃。这是我知道的。但是那天晚上从印度驻华大使馆回家，他过度兴奋，所有的安眠药都失效了，他整晚不能安睡。我是后来从李钰洁那里知道的，我听了深觉内疚。

70 年代末，季羡林率领一批中国学者向国家领导建议加强对敦煌、吐鲁番等历史古迹的研究，获得了批准，于 1983 年成立了中国敦煌吐鲁番学会，那正是我进入中印文化交流研究领域的关键时刻，对我此后的研究起了重要的作用。

1985 年我参加中国敦煌吐鲁番学会的乌鲁木齐学术讨论会，在大会组织与会学者旅游时拍摄了图 4-6，这是游览乌鲁木齐 45 公里外的天池时，我与兰州大学历史学家赵俪生（1917—2007）的合影。这个天池是天山山脉东段主峰博格达峰附近的一个漂亮的湖，夏天在阳光照耀下碧蓝一色，冬天结冰，像一块闪光的白玉。人们因此把它比作传说中西王母住的“瑶池”。到天池观光的人免不了上一堂西王母的大课。

⊙ 图 4-6 1985 年，谭中（左）与赵俪生在乌鲁木齐合影

在印度的神话传说中，每座山都有一位男神，每条河都有一位女神。中国却没有这种男女平等的传说。我想西王母的传说或许与印度文明有亲属关系，季羡林对我这种设想表示赞同，他立刻从桌上书堆中找出一篇文章，是他过去的一位维吾尔族学生从新疆寄来的、发表在某种杂志上的（可惜现在已经想不起作者的姓名、文章的题目和杂志的名字了）。文章认为西王母名字中的“王母”源自印度语 uma（文章还详细地用维吾尔语的发音来证明这一转变）。这篇文章给我很大的启发，使我得出一个重要的结论。Uma 是印度教大神湿婆 Shiva 的妻子，是喜马拉雅山的女神，这和西王母是昆仑山的女神相吻合。那就是说，印度 Uma 女神的传说通过中亚传到中国，变成了中国的“王母”（“西”说明来自“西域”印度）。

中国古代神话中，周穆王到昆仑去会见西王母。西王母传说的必要象征符号是“瑶池”。李白《清平调》赞美杨贵妃的那句“若非群玉山头见，会向瑶台月下逢”明显地引了西王母“瑶池”的典故，却又提供了“玉山”的信息。那就是说，西王母的住所不但有个仙湖，还有一座仙山。这就和印度神话进一步接轨了。传说中的印度教大神湿婆和他的妻子乌玛（Uma）住在喜马拉雅山上，具体地说，地点在须弥山和无热恼池，就是现在印度朝圣者到西藏朝拜的圣山圣湖冈仁波齐峰（Mount Kailash）和玛旁雍错湖（Lake Manasarovar）。那就是说，这里是西王母的住所。西王母和印度女神 Uma 是一回事。印度的传说沿着丝绸之路长途跋涉来中国时，在乌鲁木齐歇了一会儿，变出了天山与天池来。这就是我琢磨“西王母”传说的结果，更加坚定了“中印一家亲”的信念。

图 4-7 是现代中国画家想象中周穆王去昆仑瑶池会见西王母的情景（根据汉砖画像而作）。图中西王母的坐驾是一头大鸟，叫作“青鸟”。传说西王母有三头青鸟，青鸟是凤凰（见图 4-8）的前身。这又和印度文明接轨了。印度教大神毗湿奴（Vishnu）以大鹏金翅鸟为坐骑，开了神话传说仙鸟为神仙服役的先例，可以说是西王母的“青鸟”的来源。世界上有没有漂亮的“青鸟”呢？当然有，那就是孔雀，青鸟就是孔雀的化身。中国内地除云南外不产孔雀，印度到处都是孔雀。我在印度时，在德里大学和尼赫鲁大学校园里经

⊙ 图 4-7 周穆王瑶池会见西王母

⊙ 图 4-8 凤凰

常看见野生孔雀（现在仍然有）。人们描写的凤凰（它属于神话，地球上没有），简直是孔雀的翻版。右边的凤凰图片是中国人对凤凰的一种想象，这想象中的凤凰是根据孔雀的形象衍生出来的。那就是说，西王母和印度女神 Uma 的“中印一家亲”带出了一个凤凰与孔雀的“中印一家亲”。

我在 20 世纪 80 年代参加过两次中国敦煌吐鲁番学会每年举行的学术讨论会（在乌鲁木齐和北京），90 年代参加过一次（在兰州）。在北京举行的那次学术讨论会，有一段插曲。当时印度驻华大使任嘉德（C.V. Ranganathan）是我二十余年的好友。我建议学会组织者请他出席开幕式讲话。当时外国使节参加学术性会议还没有先例，大会组织者就请求政府批准。先找外交部，回答是这事不属于外交部管，应该找北京市政府。北京市政府说，这是全国性的活动，超越了北京市的管辖范畴。这样来来回回。最后季羡林一个电话打给他的学生、外交部的一位高官，得到允许。那时我正在北京收集研究资料。我鼓励任嘉德讲话时完全用中文，还花了大半天时间和使馆中文最好的印度外交官把他的英文讲稿翻译成通俗的中国语言。任嘉德在大会开幕式上大出风头，用流利的中国话发表讲演。这大概是有史以来第一次。我还记得他的一个杰出观点：佛教是应中国（汉明帝）邀请而传到中国的。

图 4-9 是那次任嘉德在敦煌吐鲁番学会开幕式上讲话，图 4-10 是我们在印度大使馆官邸前合影（照片右边是任嘉德大使，中间是他夫人，左边是我）。

季羡林在世时，深受印度外交官员敬重。让我向读者报告一件小事。1998 年 10 月北京举行纪念谭云山诞辰百周年的国际讨论会，刚刚到任的印度驻华大使南威哲（Vijay Nambiar）答应出席开幕式。他事后知道季羡林也会出席开幕式，就着急了。季羡林是德高望重的中国印度学泰斗，按照印度外交尊师重道的原则，他必须首先登门

⊙ 图 4-9 任嘉德（左）在敦煌吐鲁番学会开幕式上发言

⊙ 图 4-10 谭中（左）与任嘉德夫妇在北京合影

拜访季老，然后才能和季老在公共场合会见。那时季老仍住在北京大学校园里，外国大使要访问北大，校方必须有副校长以上的领导陪同。南威哲大使要求进入北大校园拜访季老，由于副校长以上的领导都抽不出时间陪同，北大校方请他延缓访问。由于谭云山诞辰百周年纪念大会即将举行，南威哲大使不能推迟拜访季老，他就以“私访”的形式全了礼节，不伤印度外交传统。这件事虽小，却使人感动，也说明印度官方对季老的敬重，为“中印一家亲”增添感性知识。

据我所知，印度外交官中最敬重季老的是我的好友拉奥琪（Nirupama Rao），没人能超过她了。她现在已经退休，但仍然从事中印外交关系研究。她于 21 世纪初担任印度驻华大使，后来升任为总管外交事务的外交秘书，其后又担任印度驻美大使。2008 年印度政府授予季羡林二等莲花奖（Padma Bhushan）国家荣誉，史无先例，主要是她力争得来的。

图 4-11 是拉奥琪。图 4-12 是从一张团体照中剪出来的我和她的合影，是 2008 年我参加北京大学纪念谭云山和师觉月（Prabodh Chandra Bagchi，1898—1956）诞辰 110 周年时拍的。拉奥琪当时是印度驻华大使。拉奥琪和我一方面是忘年之交，另一方面又共同敬仰季羡林，我俩可谓“中印一家亲”的同志。虽然她考上外交官后没有选择中文为外国语言，但是她在外交部东亚司的时间特别长，从副秘书（Deputy Secretary）一直到联合秘书（Joint Secretary）的级别，20 世

⊙ 图 4-11 拉奥琪

⊙ 图 4-12 拉奥琪与谭中（右）合影

纪 80 年代她的官职不高，90 年代成为东亚司司长。我们经常来往。2006 年我访问北京，正值她新任驻华大使，暌违多年终于重逢，彼此都感到分外亲切。2007 年中国南亚学会年会在深圳举行，同时举行“中印大同”国际研讨会，她原来计划参加的，临时回国述职未能如愿，寄了书面发言，我参加了那次会议，帮忙把她的发言稿翻译出版。2008 年，她在北京招待了参加国际会议的印度代表。

拉奥琪当印度外交部东亚司司长时，接受了我的建议，把尼赫鲁大学的两位高才生送到中国学习四年，试图让他们在中国的大学取得硕士学位。我的打算是要让年轻印度学者和中国学生一起考试（就像我当年在国际大学和印度学生一起考试那样），练出真正的中文水平。两个高才生中的其中一个是狄伯杰（Deepak），他在尼赫鲁大学学了五年中文后，又去北京大学学了四年历史，虽然没考上北大硕士学位，却打下了扎实的中文与中国学根底（还娶回中国夫人王瑶）。他现在是尼赫鲁大学中文教授，也被认为是印度“中国通”的后起之秀。他写了有关中国历史的书，还把中国文学作品译成印地文并获得奖项。

后生可畏！他也是“中印一家亲”的典范。

可以这样说，拉奥琪是在她外交官生涯中途成为印度杰出的“中国通”的。由于认真钻研，她对中印两大文明之间的历史交往了如指掌。举个例子，1991 年中国总理李鹏访问印度，印度总理拉奥（Narasimha Rao, 1921—2004）设宴欢迎，拉奥总理的欢迎辞由时任外交部东亚司司长的拉奥琪起草送呈总理。拉奥总理有个“中国通”好友对讲辞草稿中谈到的“汉明帝梦金人”典故提出异议，说“汉明帝”是“汉武帝”之误。拉奥琪熟悉历史，指出总理是被人误导了。

2010—2011 年，我编《泰戈尔与中国》中英文双语书（2011 年由中央编译出版社出版），拉奥琪当时是印度外交秘书，总管外交部人员及日常事务，从百忙中抽空为书写了前言。2012 年，印度 SAGE 出版社单独出了书的英文版，拉奥琪又为这英文版写了前言。在新德里为新书举行首发式时，她答应我的要求当主宾，最终却因接到陪印度总理曼莫汉·辛格紧急访问阿富汗的任务没能参加。她特别打电话向我致歉，并且安排了外交部的一位同事代替她出席。

2014 年我写英文书 *Himalaya Calling: The*

Origins of China and India（《喜马拉雅呼唤：中国与印度的起源》），拉奥琪已从外交秘书职位上退下来，担任印度驻美国大使，她又为我的书写了序言。我的另一个好友、前任印度国家安全顾问梅农也为书写了前言，使这本书在国际上得到重视。我经常引用季羡林说的话（他说，中印友好是“天造地设”），拉奥琪在写作与讲演中也经常引用这话。

1980 年我参加南亚会议结识了很多中国的印度学家，更有幸见到久闻大名的“中印一家亲”典范徐梵澄（1909—2000）。他以前叫徐琥，与画家游云山于 20 世纪 40 年代去印度，先在国际大学中国学院待了五年，后来去到印度南部本地治里（Pondicherry）的奥罗宾多学园（Aurobindo Ashram）长住，用文言文把印度近代哲学家奥罗宾多（Sri Aurobindo，1872—1950）的大部分著作译成中文出版。此事虽然鲜为人知，却是一项重要的有关中印交流的学术工程。听说现在已经有人根据这项工程进行中印思想研究。之后游云山去了香港，后来出家成为著名的晓云法师，在台湾新北市创办了以“华梵”为名的学术机构。

晓云法师（1912—2004）出家前俗名游云山，

和我父亲谭云山同名不同姓，有“缘”！20世纪80年代我在日本参加国际会议，一次与晓云法师同在一组，有“缘”！她知道我是谭云山的儿子就主动来和我交谈，这是我们第一次会见。

1998年，我趁在台北参加国际会议的机会去到新北市华梵大学探望晓云法师。她已于1990年创办了华梵工学院，1997年经核准成为华梵大学，坐落在山顶上，远远看去，十分雄伟（见图4-13），现在已是国际闻名。我去访问是预先约好的，到了大学，法师迟迟不露面，一直到我用午餐时才出来。她手拿手帕，里面包了一些折叠的小额美金和欧洲货币。我才明白她千呼万唤始出来的原因。她知道我要为父亲诞辰百周年出一本

⊙ 图4-13 华梵大学景色

纪念册，因此翻坛倒罐找出一些昔日的私房钱捐助，我对她此番好意深深感激。我们会见后不久，86岁高龄的她又亲笔用漂亮的毛笔字写了“泰戈尔大学中国文化学院谭云山院长为中印文化交流功德之长者。余得住于学院前后五载，承谭院长之关照，感念之至”，寄给我（这份珍贵手迹现存深圳大学谭云山中印友谊馆。读者可以从2012年中央编译出版社出版的、我和郁龙余编的《谭云山》一书的图片中看到）。

仔细分析“华梵大学”这个名字，“华”就是中国，“梵”就是印度，“华梵”就是“中印一家亲”。大学用印度国徽（阿育王石柱狮子顶）

⊙ 图4-14 华梵大学标志

作为标志（见图 4-14），这在中国以及全世界（印度除外）都是独一无二的。这也是“中印一家亲”的象征。我在参观华梵大学时虽然只是走马观花，也呼吸到“中印一家亲”的气息，显然是晓云法师用心良苦的设计。我看到大学的资料中宣传“自觉觉他”，这是父亲谭云山“中印箴铭”中的一句呀！游云山（晓云法师）是值得大大宣扬的“中印一家亲”的典范。

泰戈尔创办的国际大学和谭云山创办的中国学院靠着像徐梵澄和晓云法师这样的学者把“中印一家亲”的理想广泛传播。图 4-15 杨允元（1919—2007）和他夫人罗蘅在 20 世纪 40 年代在中国学院做过研究。杨允元是我母亲的表弟。他是在印度国防部外国语学校创办时加入当中文讲师的，我和他曾是同事。1963 年我被辞退的事件对他也是精神打击，两年后他离开印度去美洲教书，先去墨西哥，然后去美国。他有三个在印度出生的孩子。二儿子杨雅南（Anand Yang，图 4-16 中站在我和黄绮淑中间）特别杰出。他在美国念大学，专攻南亚史。2002 年至 2010 年担任西雅图华盛顿大学杰克逊国际学院（Henry M. Jackson School of International Studies）院长，现

⊙ 图 4-15 杨允元

⊙ 图 4-16 谭中夫妇与杨雅南（中）合影

任华盛顿大学讲座教授。在国际学术界，像他这样的华裔成为印度学权威专家可能是绝无仅有的。他也是第二位被推选为美国亚洲研究协会（Association for Asian Studies）会长的华裔学者。他的英文名字叫 Anand Yang，Anand 是印度名字，Yang（杨）是中国姓，是典型的“中印一家亲”符号。

我想向读者介绍另一位杰出人物。图 4-17 是冉云华和夫人王小凤在国际大学中国学院的合影。冉云华于 1924 年出生于四川，他和夫人于 1953 年到达圣蒂尼克坦。冉云华一方面在中国学

⊙ 图 4-17 冉云华和夫人王小凤在国际大学中国学院合影

院管理图书，另一方面在国际大学做博士研究。他和中国学院图书馆的珍贵中国古籍打交道长达10年，翻遍中国学院所有藏书，还仔细阅读了其中的一些书，这样深的研究功夫难能可贵。他的记忆力很强，简直可以称为中国古籍的活字典。他又是国际大学的博士，能用英文讲演及写作。这样的人才在国际学术界是凤毛麟角，不会长期埋没在圣蒂尼克坦的。果然，他被加拿大学者发现，受聘于麦克马斯特（McMaster）大学宗教系，一开始就是副教授，很快升任为教授、系主任，还受日本东京大学、英国剑桥大学以及中国台湾的佛学研究机构等邀请，成为当代宗教研究权威。他现在已退休，在加拿大东海岸定居。冉云华的事例给了我们两点启示。第一，他不但是“中印一家亲”的典范，更证明了印度国际大学中国学院的巨大文化影响力。第二，做学问就应该扎扎实实下功夫，有了真正的功夫，可能会被埋没一时，却不会被埋没一世，最后会得到世界公认。

现在继续汇报我（受到季羡林的影响）和敦煌石窟艺术之间建立的情谊。首先，我想发表几点观感。

第一点，敦煌石窟艺术是“一带一路”历史发展的生动见证。我们应该看到：印度阿育王和中国汉武帝是开辟国际大动脉的始祖。阿育王在公元前 3 世纪率先开辟从恒河流域经阿富汗和中亚通向长安、洛阳的“法宝之路”（英文可称 Triple Jewel Road，印地文可称 Dharma—ratna Marga），启动了印度高僧源源不断地来到神州大地的进程。与此同时，印度发明的石窟艺术，也从印度西海岸蔓延到阿富汗，到中亚，再到中国的敦煌。敦煌过去是中国的国门，现在敦煌莫高窟400多个洞窟里从公元4世纪到14世纪制作与保存的总共45000平方米的彩色壁画是世界艺术宝库的独一无二的奇珍异宝。现在它是中国的财富，但它实际上不是中国“中原文化”的特产，而是世界许多国家的画家和艺术工匠的劳动成果。

第二点，现敦煌莫高窟的彩色壁画，内容极为丰富。它的文化价值大大超过了艺术范畴，有数不清的有关佛教思想、印度历史和中印交流的象征符号与信息，却未被仔细研究过。如果认真研究（特别是应该有印度专家的投入），可以帮助我们加深对印度古代文化历史与中印文化交流历史的认识。

第三点，从“中印一家亲”的角度来看，敦煌艺术应该被看成重中之重。凡是涉足中印关系建设的政府官员和参加中印人文交流的民间人士都应该参观敦煌、关心敦煌、认识敦煌、研究敦煌。

图4-18是1994年我陪同印度考古学家德什潘德〔M.N. Deshpande，曾于1973—1978年担任印度考古所（Archaeological Survey of India）

⊙ 图 4-18 谭中（右二）在敦煌

所长〕到敦煌参观并参加学术会议时在敦煌莫高窟正门前的合影。分别站在照片左右两端的是敦煌研究院的研究员杨富学夫妇。

我首次去参观莫高窟时大概是在 1983 年。那时还没有定期航班，我从北京坐火车先到甘肃省的柳园，由敦煌研究所派吉普车接我去住到所内（当时敦煌市内还没有现在那些星级宾馆）。我还记得吉普车在沙漠中修出的一条泥路上行驶，司机告诉我那就是当年玄奘出国时走过的道路。车颠簸得厉害，旅行几个小时，觉得辛苦至极，玄奘在古代交通工具落后的情况下的辛苦就更可以想象到了。从那以后我又四次去到敦煌莫高窟。一次去参加中国敦煌吐鲁番学会的学术讨论会，其后三次是陪同英迪拉·甘地国立艺术中心的领导人以及印度学者去参加会议及参观洞窟。

20 世纪 80 年代末香港中文大学举办国际敦煌学吐鲁番学术会议，国内参加会议的有北京大学季羡林和周一良（1913—2001）。当时的敦煌研究所所长段文杰（1917—2011）和副所长樊锦诗（她后来继段文杰为敦煌研究院院长，现在是敦煌研究院名誉院长）都参加了。我也被邀请从印度前去参加。图 4-19 是和敦煌专家的合影，照片从右到左是：谭中、段文杰、饶宗颐（1917—2018，他是香港中文大学终身教授，是东道主）、高美庆（时任香港中文大学中国文化研究所文物馆馆长）和樊锦诗。

我在这次会上发现饶宗颐的书房里有一个书柜，按标号摆着大英博物馆和法国国家图书馆收藏的全部“敦煌文献”的复印本。学术会上讨论到哪份敦煌卷宗，他马上就找出原文来核对。我还没有见过这样效率高的敦煌专家。我和饶宗颐（他于 2018 年 2 月逝世时，中国国家主席习近平等领导还致电吊唁）曾经多次见面交流，我曾去香港拜会过他，受他款待。第五届世界中国学论坛授予他特殊贡献奖。

⊙ 图 4-19　谭中（右一）在国际敦煌学吐鲁番学术会议上与敦煌专家合影

⊙ 图 4-20　谭中在敦煌石窟研究国际讨论会上作报告

国际敦煌学吐鲁番学术会议召开后不久，敦煌研究院在莫高窟主办了首届“敦煌石窟研究国际讨论会”。图 4-20 是我在会上作报告。

图 4-21 是我和印度友人瓦赞嫣（Kapila Vatsyayan）博士在敦煌宾馆合影。她是印度著名文化艺术专家、英迪拉·甘地国立艺术中心创办主任。她是素食者，但是吃鸡蛋。印度文化传统的素食建立在“不杀生”的思想原则上，带有执着的“纯洁”观念。20 世纪 80 年代我到日本参

⊙ 图 4-21 谭中（右）和印度友人瓦赞嫣博士在敦煌宾馆合影

加国际会议，瓦赞嫣也去了。她在各种招待会上什么都不吃。因为日本文化缺乏素食传统，多用动物油烹饪。1990年我陪同她去敦煌，经历难忘。我当她的向导与翻译，她的行李中带着各种各样的干果。她在中国一看到花生就买。我意识到她也是像在日本那样坚持食物纯洁。我就一路吃素，我们一同用膳时专点素菜，她吃得很放心，不再去买花生之类的东西了。

瓦赞嫣年轻时在泰戈尔的国际大学学过舞蹈，1955年曾经参加印度友好代表团去中国表演。后来进入政府，1957年参与接待周恩来总理及中国友好代表团访印。再后来，她在文化部门工作，官至文化部秘书兼艺术秘书。从政府退休后，她创建了英迪拉·甘地国立艺术中心，是一个直属于政府的文化研究机构。到了敦煌以后，瓦赞嫣参加了国际研讨会，参观了石窟，还与敦煌研究所（后来改成敦煌研究院）所长段文杰进行会谈，确定了英迪拉·甘地国立艺术中心与敦煌研究所的合作计划。瓦赞嫣口头承诺了四点：一、欢迎段文杰与另一位敦煌专家访问印度，由英迪拉·甘地国立艺术中心招待；二、在英迪拉·甘地国立艺术中心举办敦煌壁画展览；三、英迪拉·甘地国立艺术中心把段文杰介绍敦煌艺术的书翻译成英文，在印度出版；四、英迪拉·甘地国立艺术中心承担两位年轻敦煌学者到印度留学两年的费用。会谈在瓦赞嫣居住的星级宾馆房间中进行，我是第三者，充当翻译与见证人。瓦赞嫣像在政府当主管一样把合作计划口头说出，没有任何书面文字。回到印度后我就在办公室行文推动，后来英迪拉·甘地国立艺术中心把四项承诺都兑现了。

1991 年，敦煌研究所所长段文杰与著名敦煌壁画临摹画家史苇湘（1924—2000）到印度访问两个月。我派了中文很好的助手（也是尼赫鲁大学高才生）陪他们去参观印度西海岸的著名阿旃陀（Ajanta）石窟与中央邦克久拉霍（Khajuraho）的 10—11 世纪创造的全球无双的性爱主题雕刻艺术的神庙群。段文杰参观后对克久拉霍的雕刻赞不绝口，认为胜过古希腊、罗马。当年冬天，敦煌石窟艺术展览在英迪拉·甘地国立艺术中心的展览馆展出。当时恰逢中国总理李鹏访问印度。这是一个巧合，印度传媒报道把这个敦煌展览说成是李鹏访印计划中的一项节目（实际上不是）。我带领研究助手，花了两年时间把《段文杰敦煌艺术论文集》翻译成英文，于1994年出了 *Dunhuang Art: Through the Eyes of Duan Wenjie*（《敦煌艺术：段文杰的观察》）。这本书成为世界各国研究艺术史的参考书。1991年敦煌研究所送了两位年轻学者到印度，他们是李崇峰和杨富学。李崇峰抓紧时间，于两年内在德里大学佛学系完成博士论文，取得博士学位。杨富学多半时间待在英迪拉·甘地国立艺术中心，帮助我的研究助手翻译段文杰的书。我安排他学一点梵文。当时我还在尼赫鲁大学教课，没能帮助他在印度好好进修，十分抱歉。

除了敦煌之外，我最喜欢的中国城市是杭州，特别是它从无到有的那个传说。当今杭州游览指南中的“十大名胜古迹”有“西湖唯一的真正古迹”的飞来峰和“杭州必来的经典之处”的灵隐寺。两个名字都有点奇怪，其中蕴藏着中印交往史上的一大佳话。据记载，公元326年印度高僧慧理（我猜测他的原名可能是Matiyukta）到了当时毫无名气的“钱塘武林”，发出了“此乃中天竺国灵鹫山之小岭，何年飞来此地耶？”的感叹。他说的“中天竺”摩揭陀，就是现在的印度比哈尔邦，确实有座灵鹫山Grdhrakūta，他说他对那座山十分熟悉，山上有黑白二猿是他的朋友，他暗示佛法无边，使这座山飞到钱塘江畔。当地居民将信将疑，他就发出奇怪的喊声，果真黑白二猿从山上跳出来到他跟前。当地人信服了，供奉他为师祖，为他建起“灵隐寺”（灵鹫隐居的意思），把武林山的名字改为“飞来峰”。由于它们有这段传奇，这“飞来峰”和“灵隐寺”的名气越来越大，香客越来越多，经济越来越繁荣，发展成著名的杭州，变成南宋的国都，达到“人间天堂”的境界。这是一个神话与历史交织的例子，文化与经济发展相辅相成的例子，也是“中印一家亲”的历史见证。

我在印度的学术会议上曾经宣扬杭州“飞来峰”，还把父亲谭云山从中国募款帮助泰戈尔在印度国际大学建立中国学院比作杭州灵鹫峰飞回印度，也等于把谭云山形容为“现代慧理”了。1924年泰戈尔访问中国，第一站参观讲演就在杭州。他热情地称赞了慧理从印度离乡背井、经过许多周折来到杭州向当地人民赠送礼物的事情。他说的“礼物”就是印度文明。谭云山送给印度的礼物，不但有中国文明，还有国际大学中国学院。

泰戈尔给了我印度名字“阿输迦”（这个名字冥冥之中主宰了我“中印一家亲”的命运），然而，在我的研究领域，从来没有涉及泰戈尔的作品（不是我没兴趣，而是我没学孟加拉语文，很难入门）。2006 年，好友阿莫尔多·沈（阿马蒂亚·森）出了新书 *The Argumentative Indian: Writings on Indian History, Culture and Identity*（《印度人民的辩论传统：印度历史文化标志论文集》，由中国社会科学院著名印度学专家刘建翻译成《惯于争鸣的印度人：印度人的历史、文化与身份论集》，同年由三联书店出版）。我看了原著以后，感慨万分，不是感叹作者突出印度自由思想传统的意图，而是感叹当代印度知识精英对历史上中印交往与文化亲属关系的忽略。书中谈论泰戈尔的文章根本就没提到中国。在和平乡泰戈尔文化摇篮中成长的阿莫尔多·沈尚且如此，其他一般印度知识界人士更不必说了。那以后，我总是想出一本书《泰戈尔与中国》来弥补这一缺憾。2009 年我参加美国哈佛大学关于泰戈尔研究的学术会议，与北京大学前来与会的好友魏丽明商计，立刻积极合作动工，北大印度中心负责人王邦维从财政上给予支持。2010 年在加尔各答举行的庆

⊙ 图 4-22《泰戈尔与中国》新书首发式在印度加尔各答举行

祝泰戈尔诞辰 150 周年的国际学术会上，这本书的中英文合订本刚好出炉，由阿莫尔多·沈（他也写了文章）剪彩首发。

读者们从图 4-22 中可看出《泰戈尔与中国》汉英双语版 2010 年在印度加尔各答市首发的情景。我（左二位置）的右边是阿莫尔多·沈，照片右二站着新加坡外交部长杨荣文，还有魏丽明（右一）和王邦维（右三），他们都是来参加泰戈尔诞辰 150 周年学术会议的。

2010 年第 17 届北京国际图书博览会，以印度为主宾国，我的好友及昔日德里大学与尼赫鲁大学同事（又一同于当年获得印度国家二等莲花奖）钱德拉（Bipan Chandra，1928—2014）以印度政府图书公司（National Book Trust of India）主席身份率领庞大代表团参展。我恰巧在北京，有机会参加他们的活动，并且结识了跨国公司 SAGE 印度分公司总经理梅赫拉（Vivek Mehra）。那时我主编的《泰戈尔与中国》汉英双语版在中央编译出版社将近完工，梅赫拉对在印度单独出版其英文版很感兴趣，我就把他带到中央编译出

⊙ 图 4-23 2012 年《泰戈尔与中国》英文单行本在新德里首发

版社，两家出版社闪电式地签订了合作协议。

图 4-23 展示 2012 年《泰戈尔与中国》的英文单行本在新德里首发的情景。仪式是出版社安排的。发出的请帖上，印度外交秘书拉奥琪是贵宾。她临时因为陪同印度总理去访问阿富汗而不能参加，请了外交部特别秘书普拉萨德（Prasad，右二）来代替她。照片中左一是中国驻印大使张炎，左二是财政部首席经济顾问巴苏（Basu），右一是出版社总经理梅拉（Vivek Mehra）。这张照片是人民日报驻印度记者廖政军拍的，他还为首发式做了报道，我十分感谢他。

我和中国学者、北京大学的魏丽明与印度学者、尼赫鲁大学的邵葆丽（Sabaree Mitra）提议于 2013 年泰戈尔获诺贝尔奖百周年之际在中国和印度举行庆祝活动，得到国际大学校长达塔古普多（Sushanta Dattagupta）的积极支持。2012 年冬天在印度国际大学举行庆祝泰戈尔荣获诺贝尔奖百周年活动的揭幕式（curtain raiser），特别隆重，有印度总统慕克吉（Pranab Mukherjee）莅临。图 4-24 中，台上坐着的从左到右是西孟加拉邦邦长、印度总统与国际大学校长。我（站在照片左边讲台后）在仪式上简单介绍了泰戈尔对中

⊙ 图 4-24　2012 年冬，在印度国际大学举行庆祝泰戈尔荣获诺贝尔奖百周年活动揭幕式

国的影响。

庆祝泰戈尔获奖百周年的纪念活动于 2013 年 6 月在中国举行了两次，先在同济大学，规模较大，后在北京大学举行。

图 4-25 摄于同济大学国际文化交流学院现任院长孙宜学组织的庆祝泰戈尔荣获诺贝尔文学奖百周年和中国作家莫言荣获 2012 年诺贝尔文学奖的国际学术讨论会开幕式结束后。印度外交部赞助了这次盛会，送了四位印度作家与泰戈尔

⊙ 图 4-25 庆祝泰戈尔荣获诺贝尔文学奖百周年和中国作家莫言荣获 2012 年诺贝尔文学奖的国际学术讨论会结束后，部分专家的合影（从左至右依次为：孙宜学、毛世昌、谭中、沙美智、王德华、王义桅）

专家来参加。照片左一是孙宜学，左二是取得尼赫鲁大学博士学位的兰州大学印度专家毛世昌教授，右二是从上海社会科学院退休又加入了同济大学的著名印度学家王德华教授，右一是人民大学教授、欧洲问题专家王义桅。右三是多年友好美籍印裔作家沙美智（Mishi Saran）。孙宜学也是中国研究泰戈尔的前沿学者，出过好几本有关泰戈尔 1924 年访华的书。

⊙ 图 4-26　2013 年在新德里庆祝泰戈尔荣获诺贝尔奖百周年国际讨论会上，部分专家的合影

2013 年在新德里举行的庆祝泰戈尔荣获诺贝尔奖百周年的国际讨论会，有十多位中国代表参加，从图 4-26 中可以看出。后排右三是对这一年活动热情赞助、曾任印度驻上海总领事的印度外交部公众外交司司长 Riva Das（后来担任印度文化关系委员会主任）。右二是北京大学魏丽明。右五是来自孟加拉国的泰戈尔专家。后排左二是会议组织人邵葆丽。左三是印度中国研究所所

长莫汉蒂。左四是中国著名印度专家郁龙余。照片中其他人都是郁龙余带领的深圳大学代表团成员。在新德里召开的会议结束后，我和部分中国学者又去和平乡国际大学参加国际学术会，历时一年的中印庆祝泰戈尔荣获诺贝尔奖百周年活动最初在国际大学揭幕，最后在国际大学落幕，有始有终。这是贯穿着“中印一家亲”精神的重要中印文化交流活动。

从 20 世纪 80 年代开始，我经常回国调研与参加学术会议，结识了不少中国学者。我与昆明的学者们交往最深。特别是两位云南社会科学院前任院长何耀华和任佳。他们到过印度好几次，我们交情很深。

图 4-27 中我在正中间位置，左四是云南社科院前院长任佳，右四是院前党委书记李涛。左二是云南社会科学院 20 世纪 80 至 90 年代的老院长何耀华。90 年代初，好友、香港亚太二十一学会主席黄枝连把我拉进他倡议的“建设欧亚大陆桥”（可谓“一带一路”的先声）学术活动中去。我到昆明参加云南社会科学院举办的国际讨论会。任佳那时是该院经济研究所研究员，把我带去云南省政府的不同部门交流。云南急切希望

⊙ 图 4-27 谭中（中）与部分专家合影

恢复第二次世界大战时期从昆明经缅甸通往印度阿萨姆邦的史迪威尔公路和连接昆明与加尔各答的驼峰航线。

20 世纪 90 年代，何耀华和任佳为了打通云南和印度的交往多次访问印度。图 4-28 是我在位于新德里的中国研究所图书馆中拍摄的。右起第二人是任佳，右三是何耀华。右四和左三是戴辛格和白蜜雅（他们两人轮流当过中国研究所所长）。左一是黄绮淑。那以后，我在英迪拉·甘地国立艺术中心组织了一个有关跨喜马拉雅交往

⊙ 图 4-28 部分专家合影（谭中摄于中国研究所图书馆）

的国际学术讨论会，中国来了三个代表团（云南社科院、四川社科院和云南国际研究所），何耀华和任佳也来了。我还陪同他们（所有中国学者）去拜会了印度人才开发部（即教育部）部长。

1999 年，何耀华和任佳陪时任云南省党委副书记的王天玺到印度。我陪着他们会见了印度中央政府各部门官员以及德里邦和安德拉邦的首席部长，见到了计划委员会副主席潘特（K.C. Pant，1931—2012）和前总理古贾拉尔（Inder Kumar Gujral，1919—2012）。原来打算拜会纳拉亚南总统的，但医生要给他的眼睛做手术，没法见到。会见印度官员时，气氛十分友好，大家都愿意增进印度和中国云南之间的交往。可是人们心照不宣的一大问题是印度东北部各邦都有少数民族的独立运动，印度内政部很怕增进跨国来往会使局势难以控制。一直到现在，印度对中国想要打通的孟中印缅走廊的热情不高，根本原因在此。图 4-29 这张照片是王天玺等人在南印度参加国际学术会议时拍的。王天玺是照片中唯一的男士。照片中有三位中国女士，其中站在最左边

⊙ 图 4-29 王天玺等人在南印度参加国际学术会议时留影

（左三）的是任佳。站在中间的是随同王书记的英文翻译。最右边的中国女士（右三）是陪同云南代表团的中国驻印度大使馆的外交官。

我和深圳大学也结了缘，说来话长。1998 年为了出版纪念父亲谭云山诞辰百周年的书，我在美国加州伯克利和舅父、昔日外国语学校同事杨允元商议并问他要文章。他的第一反应是："你这是大孝呀！"我有传统湖南人的性格，对"孝道"是遵循的。但我对父亲谭云山的情感远远超过一个孝子对待父亲的狭隘范畴。父亲在世时对我也是这样。他的思想境界高，心中装着"中印一家亲"的广阔天地，长子谭中在他心目中的位置是很小的。父亲过世以后，我始终保持着这种自己在父亲眼中的位置，从来不想把谭云山独占为私有财产。我希望世界千千万万人像我一样对谭云山产生敬爱之情。

21 世纪初有一年，我和爱人绮淑从印度经中国香港到美国，深圳大学资深印度专家郁龙余特别到香港国际机场会见我们。他想为宣传谭云山做点事情，我就答应把自己保存的父亲的遗物捐给深圳大学。其后经过郁龙余的努力以及当时深圳大学校长章必功的热心支持，谭云山中印友谊馆在深圳大学建立起来。我们捐给谭云山馆的实物有两张徐悲鸿的画。一张是本书第二章展示的木炭画谭云山像，另一张是徐悲鸿画的送给母亲陈乃蔚的观音。除此以外，还有许多印度名人写给父亲的信的原件，其中尼赫鲁的信最多。过去没有复印机，即使有了复印机，印度政府也没有把所有寄出的打字信件（电脑没普及以前都用打字机）都复印下来。我们捐给谭云山中印友谊馆的印度要人信件都是没有复件的（价值高的）实物。还有中国学院于 1937 年成立时，泰戈尔邀请印度与孟加拉邦名流参加开幕式的全部通信，也是很珍贵的。

⊙ 图 4-30　谭中（左）与黄蓉在谭云山中印友谊馆合影

图 4-30 中同我合影的黄蓉是深圳大学印度研究中心的教员，兼管谭云山中印友谊馆的事务。她曾经协助我编《CHINDIA 中印大同：理想与实现》一书，又编了《谭云山文集》。为了编《谭云山文集》，她不辞劳苦到印度国际大学去拍照。我对她十分感激。这张照片是在谭云山馆门口拍的，那“谭云山中印友谊馆”八个优美的正楷字是季羡林在晚年写的，它们本身就是珍贵文物。

图 4-31 中，我向深圳大学校长章必功（右）赠送我编的《CHINDIA 中印大同：理想与实现》

⊙ 图 4-31 谭中（中）与章必功（右）、郁龙余合影

新书，照片左边是深圳大学印度研究中心主任郁龙余。他是北大季羡林的高足，从北大毕业后到深圳大学任教多年，曾任文学院院长。退休后仍留在大学教课、指导研究生，负责印度中心工作。他除了帮助建立深圳大学谭云山中印友谊馆外，又于 2016 年在深圳组织了第二届世界印度学家大会（International Conference of Indologists），并且获得印度总统慕克吉授予的 2016 年“杰出印度学家奖”（Distinguished Indologist Award），是第二位得到这一荣誉的世界印度学家，也是有史以来第一位中国学者获这一荣誉。我闻讯以后，当即作诗祝贺：

北美严冬喜讯来，吾兄获奖笑颜开。
文明旧交万年青，友好新苗一手栽。
喜马拉雅凌云壁，神州天竺雨花台。
中印大同何处去？喜看前路尽英才！

写到这里，我请读者和我一起，再一次庆贺郁龙余得此荣誉。

图 4-32 展示的是我在中国结识的两位好友，值得一提。我的左手边是北京大学外国语学院教

⊙ 图 4-32 谭中（中）与魏丽明（右）、邓彤合影

授兼亚非语言文学系主任魏丽明，前面也介绍过。我们在中国和印度一同参加过许多会议。每次我到北京，都要去和她的学生交流。她是当今中印人文交流中最活跃的一位学者，为“中印一家亲”大业做出许多贡献。我右手边的是原来在中央编译出版社担任编辑的邓彤。她帮我出过三本书，还把我的文章收进中外名流合著的《中国未来 30 年》，使我在国内出了名。我们也一同参加过中国各地的学术活动。我和爱人绮淑（或者我独自）

到北京都经常得到她们的照顾与款待。我还有很多在中国结识的友人，由于篇幅限制，不能一一介绍了。

亲爱的读者们，有趣得很，1994 年我从大学教书生涯退休本应该象征我学术事业的告终，实际上却开始了它的高潮。我的较为人知的著作都是 1994 年以后的成绩。1994 年以前，人们只知道谭中是研究 19 世纪中国历史的，我也基本上没有涉足中印两大文明的交往领域。1994 年，我开始进入中印关系专业了，我的导师是印度政府外交部。亲爱的读者们，你们不觉得奇怪吗？

1994 年是中印两国政府共同宣布和平共处五项原则 40 周年。这个五项原则的印度名字叫 Panchsheel（潘查希拉），印度政府视之为重要的外交遗产。印度外交部决定纪念 Panchsheel（潘查希拉）40 周年（带有增进印中关系的愿望），在外交部的民间刊物 *Indian Horizons*（《印度地平线》）出一期特刊，请我为客座编辑。我当仁不让，请以季羡林为首的中印学者写了文章，爱人绮淑帮忙翻译。《印度地平线》的特刊 *India and China*（《印度与中国》）出得相当考究，内容也丰富，成为长达 555 页的一本厚书（刊物 43

卷—2 期合订本），在印度销售并由印度在世界各国设立的使馆、领事馆分发给各国精英。第一版发行 3000 册，供不应求，加印 3000 册后仍然供不应求，最后发行了 9000 册，是空前的，也使得从未谋面的印度外交官员知道了“谭中”。

我一生写的和编的中英文出版物超过 20 本书。其中最重要的（有较大学术参考价值）是我和北大耿引曾合著的《印度与中国：两大文明的交往和激荡》中英文单行本。英文本全名 *India and China: Twenty Centuries of Civilizational Interaction and Vibrations*，是印度“History of Science, Philosophy and Culture in Indian Civilization”（印度文明科学哲学文化历史研究丛书）特大丛书中国际名声较响、销路较广的一本，在国际学术界得到承认，挑战了亨廷顿的“文明冲突论”。此前，我编了一本英文书 *Across the Himalayan Gap: An Indian Quest for Understanding China*（《跨越喜马拉雅鸿沟：印度寻求了解中国》）。北大好友张敏秋以它为蓝本，出版了《跨越喜马拉雅障碍：中国寻求了解印度》，和我的英文书相呼应。然后，德里大学的谈玉妮（Ravni Thakur）教授把它译成英文在印度出版（我和张敏秋挂名为编者）。这样，我的 *Across the*

Himalayan Gap: An Indian Quest for Understanding China 就有了它的姐妹书 *Across the Himalayan Gap: A Chinese Quest for Understanding India* 了。

图 4-33 是我于 2015 年出的英文书，书名是 *Himalaya Calling: The Origins of China and India*（《喜马拉雅呼唤：中国与印度的起源》），由美国双世出版公司出版。我在书中提出了我的“喜马拉雅圈”理论（强调中印两大文明是“喜马拉雅圈”的孪生文明）。出版社在广告中形容，这本书是中印两国决策人必读（“must read”）的书。

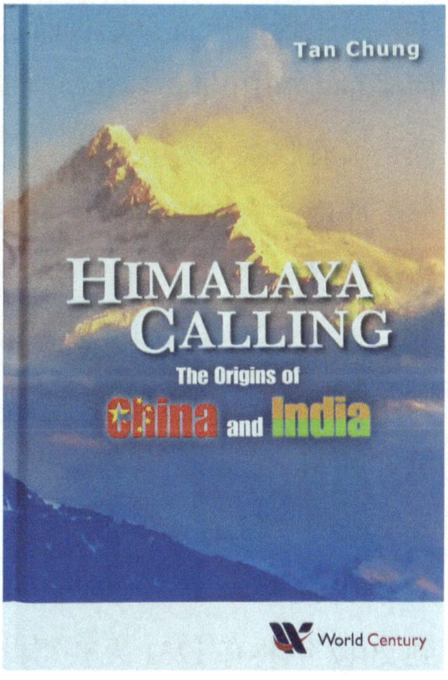

⊙ 图 4-33　谭中著作《喜马拉雅呼唤：中国与印度的起源》封面

但愿如此！现在这本书受到世界公众的注意。有趣的是：这两年来我不断写书、写文章，因为记忆力衰退，我经常到谷歌（Google）网上查信息。很多时候，谷歌的第一条信息就是把我自己写的《喜马拉雅呼唤：中国与印度的起源》摘录给我。这样看来，谷歌是在认真传播我的这本书了。

父亲谭云山的作风有两个特点：一是只问耕耘，不问收获；二是事情不管大小，一定要做好，争取十全十美。我继承父志，虽然做不到他的第二点，但是只问耕耘的劲道很足。常常是耕耘以后，收获也来了。我刚进德里大学，有实无名地干，系主任的位置不是自己去争取的，而像从天而降的。2010 年，我进入耄耋，已经把红尘看破，又有收获飞来。

印度政府在每年 1 月的国庆节公布对国家有贡献的文人奖项，在 3 月举行授奖仪式。国家奖分两种：第一种叫“Bharat Ratna”（国家珍宝奖），从 1954 年到 2017 年只有 45 人获得此奖。第二种叫“Padma”（莲花奖），分为三等。第一等 Padma Vibhushan，从 1954 到 2017 年共有 300 人获得此奖。第二等 Padma Bhushan，从 1954 到 2017 年共有 1231 人获得此奖。第三等 Padma

Shri，从 1954 到 2017 年共有 2913 人获得此奖。总的趋势是获奖人数每年递增，有人对此提出批评，认为荣誉逐渐贬值。在获得二等莲花奖的 1231 人中有两个中国人，第一个是 2008 年获奖的季羡林，第二个就是我。图 4-34 和图 4-35 分别是我获得的二等莲花奖证书和奖章。

⊙ 图 4-34　谭中于 2010 年获得的印度国家二等莲花奖证书

⊙ 图 4-35　谭中于 2010 年获得的印度国家二等莲花奖奖章

图 4-36 和图 4-37 是 2010 年印度总统帕蒂亚（Pratibha Patil）向我授奖，是我一生中最荣耀的时刻，也是我做梦没有料到的。我记得 20 世纪

⊙ 图4-36 2010年，谭中（右）在二等莲花奖授奖仪式上

⊙ 图4-37 印度总统帕蒂亚向谭中（右）授予二等莲花奖

70 年代，印度政府曾经想授予父亲谭云山一个莲花奖，后来一查，父亲没入印度籍。当时的莲花奖是不向外国公民开放的。近年来放宽了。我参加授奖仪式时，也有两个外国人获得三等莲花奖。

我清醒地认识到，印度政府授予国家奖已经成为每年国庆的常规，必须找人来凑热闹，不是（或者说，不完全是）对人们杰出性的科学鉴定。要上这光荣榜要经过两道程序。首先是有人推荐给政府内政部，由内政部接受入围人选，然后有人对入围者进行审核挑选。事后，芝加哥大学的朋友告诉我，芝加哥的美籍印裔有好几个人得到推荐后都名落孙山，奖项落到我这既在印度生活多年又是华裔的人头上，这是谁也想不到的。我也没想到，从印度朋友那里得到消息后我还不敢相信。这大概也是我"中印一家亲"的缘分。

2010 年我从美洲到亚洲旅行四次。那年 3 月我和黄绮淑已经去印度领取过莲花奖。11 月间我在芝加哥，突然接到中国驻印度大使馆来信，要求我俩于 12 月再去新德里，原因是温家宝总理将访问印度，将授给我"中印友好贡献奖"（见图 4-38）。使馆承担我俩的旅行费用以及在新德里逗留几天的食宿费。时间紧迫，芝加哥到德里

⊙ 图 4-38“中印友好贡献奖”奖状

的直航机票已经涨成天价，使馆说没关系。我们就去了。飞抵德里以后，使馆负责侨务的参赞亲自开车到机场，把我们接到中国总理带领的庞大代表团（不但有总理、外交部长、文化部长及其他政府官员，还有作家、导演与随行记者与摄影员以及保卫人员）下榻的新德里五星级酒店 Taj Palace（泰姬宫）。酒店也把我和爱人绮淑当作中国代表团成员，我俩可以去享受酒店为代表团特别安排的中式早餐。我们在电梯上及其他场合经常碰到代表团的要人。那次我们近距离观察中印两国顶层领导人的友好活动，这是千载难逢的事情。图 4-39 中得奖的另外 8 位印度朋友都是民间

⊙ 图 4-39　2010 年，谭中（右四）获得“中印友好贡献奖”

的中印桥梁（左三是莫汉蒂，右二是 Shreemati，也像莫汉蒂一样是我的学生，当时任印度中国研究所所长）。那时我离开印度已经 12 年，难得中国驻印度大使馆没有忘记我们过去 45 年在印度的那段经历，或许他们也知道我离开印度后仍在为实现“中印一家亲”理想而付出心血。

⊙ 图 4-40　谭中荣获国际大学授予最高名誉学位 Deshikottama 证书

2013 年国际大学宣布授予我最高名誉学位 Deshikottama 证书（见图 4-40），我未能参加年会的隆重授奖仪式。2014 年我应邀去国际大学参加国际学术会议，大学在中国学院举行了简短的补授仪式。图 4-41 就是补授仪式的镜头。照片左边坐着的是国际大学校长达塔古普多，右边是

⊙ 图 4-41 谭中被国际大学授予最高名誉学位 Deshikottama

学生唱歌。我在 20 世纪 50 年代到印度，首先在国际大学拿到第一个学位，60 年后又承蒙母校授予最高名誉学位，算是善始善终。我在受奖时心潮澎湃，回忆起 1957 年周恩来总理到国际大学来接受这一学位的情景。1979 年大学又把这一学位授予父亲，谭云山成为接受这一荣誉的第二个中国人。我追随父亲的脚步，成了接受这一荣誉的第四个中国人（接受荣誉的第三个中国人是 20 世纪在印度国际大学中国学院待过的、回国后成为中国社会科学院宗教研究所研究员的巫白慧）。国际大学是一片土地肥沃的中印友好园地，我是这片园地结出的众多果实之一。我相信今后这片园地会结出更多中印友好果实，果实中会有很多中国学者。

2015 年 11 月在上海举行的第 6 届世界中国学论坛上，我和三位外国中国学专家一同接受大会颁发的特殊贡献奖。我在图 4-42 中左二位置，左四位置手持奖状的是美国约翰斯·霍普金斯大学（Johns Hopkins University）中国研究系主任大卫·蓝普顿（David Lampton）。我和蓝普顿之间是中共中央宣传部副部长、国务院新闻办

⊙ 图 4-42 2015 年，第 6 届世界中国学论坛授予谭中（左二）特殊贡献奖

主任蒋建国。另外两位被授予特殊贡献奖的外国学者是俄罗斯科学院远东研究所所长季塔连科（Mikhail Leontievich Titarenko）和美国哈佛大学政府系教授、燕京学社社长裴宜理（Elizabeth J. Perry）。他俩缺席，由他们的代表领奖。台上站的其他三位是中央和上海的授奖领导。我是国际上的无名小卒，已经退休的无业游民，不像其他得奖者都有声名显赫的单位与职务。大会说，世界中国学论坛的学术委员会用民主投票的方法决定被授奖的人选。我是他们投票时“以高票当选”的。

⊙ 图4-43 2013年6月，谭中（左）在昆明云南社会科学院获得名誉院士聘书

图 4-43 是 2013 年 6 月我在昆明云南社会科学院获得名誉院士聘书的情景，授给我聘书的是云南社会科学院党委书记李涛。第二天，我又到昆明的云南文史馆接受了“名誉馆员”的荣誉。我在生命的晚期接受这些荣誉，使长期在外像浮萍一样飘零的浪子减少了孤独感。

“有意栽花花不发，无心插柳柳成荫。”我从九十多年的生涯中悟出：人世的一切经历都是由偶然性与必然性两根线牵着。我在逆境中也生存在“中印一家亲”的天地中，和中印两大文明紧紧拥抱在一起，这是必然性。在我退休、闲居、失业、无聊的岁月里，一个一个荣誉从意想不到的角落飞来，这是偶然性。荣誉越是迟到，我越感觉它是身外之物，带不到人世以外去的。人到老年，生活规律了，不受外界影响了，有荣誉也好，没有荣誉也好，我这条“到死丝方尽”的春蚕总是在“中印一家亲”的大道上爬行，不会离开的。

2006 年我和爱人绮淑到新加坡参加国际会议，我俩经常投稿的新加坡《联合早报》安排了一次讲演会，要我们谈过去在印度住了 45 年的经历与心得。讲演在报社的礼堂举行，标题为

“印度文明里的中国，中国文明里的印度——我们在印度近半世纪的生活和体会”，图 4-44 中坐在我俩中间拿着话筒的是《联合早报》总编辑林任君。那天的听众有上百个，还有来自中国驻新

⊙ 图 4-44 2006 年，谭中夫妇在新加坡讲演

加坡大使馆的听众。

扬子江与恒河的水不断流入太平洋和印度洋，与之相比，我喝过的扬子江与恒河的水还填不满一个小塘。在无边无际的人世，我的人生经历不过是涓涓水滴，现在写出来公之于世只是想知道自己是什么样的人，在社会留下什么样的

脚印，还得请“旁观者清”的读者们帮助我解除“当局者迷”。

我的“逝者如斯”故事值得介绍的就这一些。读者可以看出，故事表面上是属于我一个人的，实际上是属于我和爱人绮淑两个人的。图 4-45 是我俩 1955 年初刚到圣蒂尼克坦时拍的，那时我们结婚还不到一年。图 4-46 是 21 世纪耄耋之年的我们在美国拍摄的。读者从这两张照片中可以看出从左到右的“朝如青丝暮成雪”。最近几年，在美国，人们经常问我俩的婚龄，每当我们回答说“60 多年”的时候，人们总是惊讶不已。

严格地说，“白头偕老”并不是中国文明的

⊙ 图 4-45　谭中夫妇于印度合影

⊙ 图 4-46　谭中夫妇于美国合影

强项。中国古代有三房四妾，现代又出现“二奶小三”的丑恶现象（根源在于“有权有钱是老大”）。我在印度生活时，特别是精力旺盛时，在德里大学和尼赫鲁大学与一大群学生（其中不乏大眼睛的漂亮印度姑娘）相处二三十年，异性引诱力是很大的，但我从来没有靠近越轨红线的边缘，是因为从小受的道德教育，加上印度正派的社会风气，起了辟邪作用。当然，主要还是我和爱人绮淑之间的感情深厚，互相教育督促。

在现代的社会，西方个性解放（包括性开放）使得“一夫一妻”的婚姻体制受到冲击，夫妻好景不长。虽然西方传统有所谓“银婚”（结婚 25 周年）、“金婚”（结婚 50 周年）以及“钻石婚”（结婚 60 周年）的讲究，但是有资格庆祝的人越来越少。我和黄绮淑从来不庆祝，却比翼飞过这些里程碑。

在我的故事中处于“配角”地位的爱人绮淑在很多方面都比我强。举个例子，10 多年前我俩一同参加驾驶执照的笔试，她一次就通过了，我第二次才通过。她的天分和智商都比我高。如果我们两人互换地位，她一定会比我拥有更多的成就。在待人处世方面，她特别机灵合群，善解人意。陌生人和她初次见面就会对她产生好感。在我们的长辈、同辈、晚辈中，她的魅力比我大得多。换句话说，对于我一生获得的友谊，她的贡献超过我的努力。这对我“中印一家亲”的人生与事业是十分重要的。

因为和爱人绮淑60多年形影不离的朝夕相处，再加上一般的观察，我特别敬重中国女性，认为她们具有强人、贤妻、良母、孝女、顺媳五种潜力与热能。这五种潜力与热能在我母亲陈乃蔚和爱人绮淑身上都很突出。

我独享了爱人绮淑作为“贤妻”的特质，对她这一美德有深刻的体会。她当贤妻是完全抛弃自我情意，一心谋求丈夫的事业成就。我每次获得成功时，她比我更激动，像是她自己获得了成功。有时光荣榜上应该有却没有我的名字，我不在乎，她却说出“为什么没有你”。如果能借范仲淹的名句来形容，她是不折不扣的“先丈夫之忧而忧，后丈夫之乐而乐”。1992年我患了心包炎，咳得十分猛烈，朋友劝她离我远点，别受传染，她却反而和我更亲近，好像要把我的病接过去。那一切情景，我看在眼里，记在心里，永不忘记。

亲爱的读者们（特别是年轻读者），现代西方文明颂扬“romance（浪漫史）”，英文“romantic（罗曼蒂克）”诗意地夸耀男女之间情爱的甜蜜难忘，但也带有超越婚姻制度的性泛滥的浪漫，是中印两大文明都不提倡的。可是西方文学名著很多主角都有“罗曼蒂克”魔力，对天真无邪的年轻朋友可能会起负面影响。这就是西方社会婚姻制度基石不够牢固的重要原因之一。我从小喜欢西方文学，也有可能受“romantic（罗曼蒂克）”魔力吸引。但是，我和爱人绮淑 60 余年来朝夕相处，真正体验到 90 年前父亲写给母亲的“我是汝的我，汝是我的汝”那种共生关系的情感，降了“罗曼蒂克”的魔。现在比较起来，爱人绮淑和我之间的甜蜜美好和从小影响过我的西方文学的“罗曼蒂克”简直是天壤之别。中国式的幸福婚姻和幸福家庭是最理想的。年轻的读者们，我之所以对这一点有着深刻的体会，是因为我看到了太多美国老年人没有伴侣、没有孩子照顾的可怜状。请你们多为自己的老年着想呀！

读者看到的这四张照片是我们现在全家的缩影。图 4-47 是我们夫妻和儿子，图 4-48 是儿子和儿媳。后来两个孙女加进来了，图 4-49 是

⊙ 图 4-47 谭中夫妇和他们的儿子

⊙ 图 4-48 谭中的儿子和儿媳

⊙ 图 4-49 谭中夫妇和两个孙女

⊙ 图 4-50 谭中全家照片

我们夫妻和两个孙女的合照，图 4-50 是我们在 2017 年拍的全家福。我们只有一个孩子，中文名“梵天”，英文名“Sidhartha”。我们是中等收入家庭，但尽量使儿子有上等的成长环境。他四五岁时我就带他玩篮球和足球，后来他成为这两项运动的健将。他从小就志在文学，但在当时的印度社会里，学医的人最有出息。我们想尽办法鼓励他当医生，最终我们如愿以偿。进入21世纪的前夕，我俩从印度来到美国和儿子与儿媳（秋玲）在一起。儿子是新生儿科的主任医生兼大学教授，儿媳是家庭妇女。他们要把两个女儿养大，让她们受到好的高等教育，这也是不容易的。我和绮淑进入耄耋之年后，在生活上越来越依靠儿子，他处于“上有老，下有小”的境遇，更难为他了。他生长在印度，由于竞争激烈，他从小就承受了巨大的学习压力，因此我们没教他中文。但他是谭家第三代的老大（就像我是第二代的老大一样），倍受长辈宠爱，受到中国文化的强烈感染。我和他既像父子又像兄弟。朋友都称赞他是“孝子”。他有两个女儿，小孙女谭风继承父志学医，大孙女谭英在大学本科毕业后已经工作了许多年。她们都是“ABC”（America Born Chinese，美国生的中国人），生活方式美国化，但对爷爷奶奶很亲热。

亲爱的读者们，宋朝诗人李纲作《病牛》诗：“耕犁千亩实千箱，力尽筋疲谁复伤？但得众生皆得饱，不辞羸病卧残阳。”这首我喜欢念的诗，对现在我这头老弱病残的湖南牛来说，更是现实，拨动了我的心弦。我模仿他的诗来总结自己的一生：

笔耕千卷纸千张，力尽筋疲不觉伤。
有意栽花花团艳，无心植柳柳条长。
中印千年交流旺，孪生弟兄爱弘扬。
但愿人间行大道，羸病身心恋残阳。

亲爱的读者们，在这样的“夕阳无限好”的诗意中，我讲完了自己的故事。谢谢大家！

结　语

亲爱的读者们，西汉匡衡“凿壁借光”，成为出名的典故。你们有没有认为我是借“中印一家亲”的光来为父亲谭云山和自己脸上贴金呀?！没有就好，有也无所谓。这本书的图文是历史，展示父亲谭云山和我走过的人生道路，展示我是如何踏着先人的脚印一路走来，又是如何留下自己的脚印。这个人生故事不会有复制品，因此这本书就是独特的历史记录——一个普通人的平凡记录。从旁观者的角度来看，这个故事虽然有名有姓，但任何一名中国人处在故事主人的环境中，也可能会有同样的发展经历，成就也许更大。

这本书的目的是宣扬“中印一家亲”，不是谭某人生涯的流水细账，也不是我对当代中印关系的全面探讨。数十年来，我发表过大量宣扬“中印一家亲”的言论，印度友人称我为理想主义者，暗指我浪漫主义气质太旺，缺乏现实主义思维，在探讨两国关系时绕开困扰舆论的重要问题与发展障碍。我承认自己对中印关系的发展一贯乐观，但也不是对中印关系当前存在的复杂性装聋作哑。

我不是浪漫派诗人，作为学者，我清醒地看到：世界各国之间的主要关系是“共处”，在共处中存在着合作与竞争的正反两面。合作与竞争此消彼长，合作增加，竞争就减少；反之亦然。开始时是“共处”关系，加大合作可以变成“伙伴”关系；再进一步更可以发展成“命运共同体”。恶性竞争会把共处关系变成敌对，敌对还会继续发展成势不两立的世仇。19 世纪、20 世纪世界最大的世仇关系存在于欧洲德国与法国之间，打了两次大仗，却在 20 世纪末化干戈为玉帛，德法两国成为“欧洲共同体”的中坚。从 20 世纪末开始至今，国际潮流围绕着和平与发展两大轴心转动，使得国际关系中的合作成为主流。这就是和我的思维完全吻合的中印关系发展的国际大气候。

中华人民共和国诞生于 1949 年 10 月 1 日，印度共和国诞生于 1950 年 1 月 26 日，相差只有三个多月。现代中印关系开始于 20 世纪 50 年代，至今将近 70 年。起初是共处，至今依旧是共处。并不是没有过合作，但上升不到伙伴关系。1954 年，中国和印度这两个新兴的文明国家共同提倡“和平共处五项原则”，促使世界关系朝和平方向发展。1954 年印度总理尼赫鲁访华以及 1957 年中国总理周恩来访印，在印度民间自发产生的“印地秦尼巴伊巴伊”的歌声中把“中印一家亲”推向高潮。这本书的故事实际上是这一高潮的见证。可惜那“印地秦尼巴伊巴伊”的气氛只是昙花一现。50 年代的中印两国好比初生婴孩来到这个错综复杂的世界，一时难以适应。当时全球处于美苏两大阵营的冷战状态，也使得中印两国眼花缭乱，交了很昂贵的学费。

2017 年 11 月，我在中国人民大学国际关系学院做了“增进中印关系三大秘诀”讲座，媒体对此的报道稍有出入。我说的三大秘诀是：重视、恕道、融合。

关于第一大秘诀“重视”。首先应该牢记 1916 年印度大文豪泰戈尔在日本的帝国大学讲演时所说的话：只有中国和印度的文明之灯在远古世界最初点燃的地方从来没有熄灭。中国人民应该和印度人民一道在现代与未来共同把这两大珍贵文明发扬光大，照耀全球。中国对印度应该确定三大基本认识：一、它是数千年中国的益友睦邻；二、它是世界上和中国一样的杰出的十亿级人口超级大国（拥有十多亿脑聪手灵的劳动生产力）；三、它是世界十大经济强国之一。中国应该坚信印度和中国一样是历史悠久的文明国家。中印合作，结成文明国家命运共同体是建造和平、公允、繁荣新世界秩序的重要保证。

关于第二大秘诀“恕道”。中印两大文明国家应该继承与发扬中国“天下大同”及印度“天下一家”（vasudhaiva kutumbakam）的传统，应该在中印关系中发扬“恕道”，设身处地、推己及人，己所不欲勿施于人。文化是以文字和语言为基础的。中国文化是以中国文字为土壤的园地，虽然从外国土壤长出的种子有时也吹进来，毕竟改变不了中国文化的本土特色，与外界文化形成较大距离。再看印度，上层精英使用英文表达、沟通、交流，差不多全部在西方文明大气候中呼吸，虽然也有印度传统文化产生的灵感起调剂作用，却在文化上与西方主流难分难解。总而言之，决定两国民情的中国和印度文化是两大不同板块，印度文化板块和西方通气，中国文化板块却和外界保持一定距离。印度是一种外向型文化，中国是一种内向型文化。两国必须大力交往才能相互了解。

印度有十几亿人口，能说中国话、看懂中文的只有万余人。一般人都是从西方传媒获得中国信息。西方说中国怎么样，印度传媒就说中国怎么样，印度一般人就认为中国怎么样。印度一般人对中国的认识必然会有差距，而在这些认识差距中，西方宣传的成分大大超过印度的成见。这一点上，印度和中国其他邻国的情况大不相同。可是印度是历史悠久的文明国家，不会和西方一个鼻孔出气。从消极方面看，西方很多人仍旧带着优越感来评估中国，中国的成就对这些人的感情起着放射性伤害作用。在印度基本没有这样的情况，即便有，也是极个别的。从积极方面看，很多印度人景仰与效法中国的发展成就，在西方舆论中，有很多赞赏中国成就的声音都来自印裔。

中国人有雄心壮志，印度人也一样；中国人喜欢听到别人的认可，印度人也一样；中国人自信、好强，印度人也一样。印度人喜欢和中国攀比，中国人攀比的对象多半是欧美。

关于第三大秘诀“融合”。我从自己以及父

母与弟妹的经历中体会到两国融合是不难的，可以按照禅宗文化精神把中印两国建成“你中有我，我中有你”的文明共同体。发扬两国先哲的修身养性功夫，在两国广大群众中开展太极拳、瑜伽术等锻炼活动，学习彼此的语言文化，逐步免除两国彼此入境签证等。可以发扬古时“丝绸之路”的中印海陆交往，开辟中印“一带一路”大连通。可以本着《老子》“既以为人，己愈有，既以与人，己愈多”以及印度“布施”（dana）传统开展经贸来往，随时保证利益均等，两国相互发扬传、帮、带精神，取长补短，相辅相成。

当前中国的“一带一路”倡议，成为开展中外关系的基石，2017年5月在北京举行了“一带一路”国际合作高峰论坛圆桌峰会。在印度方面，从2016年开始，一年一度举行“瑞辛纳对话”（Raisina Dialogue，第3届已于2018年1月举行），其性质与2017年“一带一路”国际合作高峰论坛相似。可以这么说，中国是借“一带一路”来使世界与中国融合，亮出“人类命运共同体”的终极理想。印度是趁西方新兴思维凝聚的“印太”（Indo-Pacific，印度洋与太平洋地区崛起）浪潮使印度登上世界舞台前列，也提倡世界大连通。这是两大平行的（可能汇合也可能相互排斥的）“运动”。中国和印度这两个十亿级人口超级大国与快速发展的超大经济体，必然会是全球越来越举足轻重的世界政治力量。两国成为合作伙伴将是世界福音，两国成为敌对死仇将是人类灾难。中国和印度以及全世界绝大多数人都不会愿意看到后一发展结果的。

广大读者请与我一同发扬“中印一家亲”精神，使它成为两国合作发展的保证。我们应该热情歌颂“中印一家亲”，让“中印一家亲”成为中印未来发展的导航，让“中印一家亲”把中国和印度的前程照耀得光辉灿烂！

亲爱的读者们，请允许我再写首打油诗：

云公入印九十年，光阴流水世代传。
长安市上雁塔耸，和平乡下舍利眠。
强权较劲民族恨，仁爱融洽文明延。
泰翁指引交中印，矢志实践大同篇。
莫道西湖灵鹫峰，灵鹫返回我中天。
中国学院丰碑立，国际大学誉名全。
我承父志倡大同，华梵共振知音弦。
雪山瑶池西王母，十五元宵天竺年。
明帝夜宫金人梦，梵僧白马洛都缘。

四大名山香火旺，敦煌画像积千年。
弥勒转世未来佛，观音变女慈悲仙。
你中有我说不尽，两大文明大团圆。
今朝龙象双起舞，繁荣与共命运连。
跨境走廊带与路，边界无争弃前嫌。
喜马拉雅新世界，扬子恒水艳阳天。

这首诗的前面6行总结了我父亲、“不归玄奘”谭云山的一生。诗中第8至11行突出“中印一家亲”的事例，从西王母的传说，到汉明帝梦金人，邀请印度高僧到东汉首都洛阳白马寺落户……这些都是“中印一家亲”的显著事例，我也不知为它们作过多少讲演，写过多少文章，我的“中印一家亲”的生涯和它们难分难舍。

人生短暂，“中印一家亲”却会千古长存！

附录一　谭云山生平大事记

1898 年 10 月 19 日	原名谭启秀，生于湖南茶陵（阴历的这一天有一年正好是 10 月 10 日，为辛亥革命纪念日，此后他就将自己的生日定为 1898 年 10 月 10 日）。
1904 年	父亲谭洪谋去世。
1907 年	母亲肖氏去世。父亲的同窗好友、下东乡黄堂村后苍里彭蔚仁（又名彭先德）收养了他，并先后送他到附近的四联村罗家、浪滩村陈家念私塾。
1910 年左右	进入茶陵第一高小念书，改名“谭绍书”。
1919 年至 1924 年	进入湖南省立第一师范学校学习。改名“谭云山”。期间结识毛泽东、夏曦、郭亮等人，参加新民学会和文化书社的活动。在《湖南日报》编辑星期日《新文学》周刊，在夏曦、郭亮的领导下与萧述凡等人组织了崇新学社，还担任过湖南全省

学生总会主席。

1924 年 6 月　毕业于湖南省立第一师范学校（实际上提前离校赴南洋）。

5 月 16 日　从长沙出发，经武汉、南京、苏州、上海、杭州到广州。

6 月 27 日　从广州乘船经香港去南洋。

7 月　抵南洋。此后先后在新加坡英俄街的工商学校、南洋华侨学校、南洋平民学校，马来西亚柔佛州麻坡中华学校和中华维新小学教书，并参加了马来西亚柔佛州巴株巴辖（峇株巴辖市）爱群女校的创办。

1925 年 10 月 9 日　创办《叻报》文艺副刊《星光》并担任主编。

1926 年 9 月 2 日　创办《新国民日报》副刊《沙漠田》。

1927 年 7 月 20 日　在泰戈尔访问新加坡招待会上首见泰戈尔。随后接受泰戈尔去国际大学的邀请。

1928 年　与时任爱群女校校长的湖南同乡陈乃蔚女士结婚。

9 月 3 日　从新加坡到达印度加尔各答，到国际大学驻加尔各答办事处报到。由工作人员陪同，前往位于焦罗山克（孟加拉语的意思为“双桥”）的泰戈尔的祖宅拜见泰戈尔后，当晚即到国际大学。

1929 年 4 月 18 日	长子谭中诞生于马来西亚巴株巴辖，泰戈尔给谭中赐孟加拉名 Ashoka（阿输迦）。
1930 年 7—8 月	因夫人陈乃蔚在马来西亚接到父亲与伯父双亡的噩耗，离印度准备与夫人、孩子回国，在马来西亚受邀改变行程，遂安排夫人和孩子先期回国，自己赴缅甸仰光担任《兴商日报》主笔。 第一本诗集《海畔》由广州的青野书店出版。
1930 年 12 月 12 日	抵拉萨。
1931 年 2 月 15 日	离拉萨返印度。
3 月	回国际大学短暂停留后，与道阶法师等西游印度佛教名胜。
4 月 27 日	在巴多利首见甘地，与甘地亲密相处三日。
5 月 15 日	离印度经仰光回国。
6 月 30 日	到南京向国民政府呈交赴藏报告、报账及处理有关事宜，随后回乡省亲并与妻儿团聚。
9—10 月间	离开湖南，到南京、上海等地与中国学术界、文化教育界人士磋商成立中印学会事宜。 《世界历法与历法革命》由大陆印书馆出版。另有诗集《印度洋上》在

	国内出版，但已失传。
1931—1934	任教立达学园，筹备成立中印学会。
1932 年 7 月 7 日	次子谭正诞生于湘阴县桃花镇，后夫人陈乃蔚带领两个孩子到上海与谭云山团聚，入住上海江湾立达学园。
1933 年	《印度周游记》由新亚细亚学会出版。
	在《东方杂志》第 30 卷第 1 号发表该杂志的“征梦”答案：中国要“兴”，必须“切实奉行三民主义，……是中国唯一一条能走的出路”。否则就可能“亡”，亡于日，亡于俄，或亡于被瓜分。
5 月	在南京绝食三天，声援甘地的绝食斗争。
9 月	写信给泰戈尔汇报中印学会筹建的情况。
1934 年 4 月	与陈友生博士作为中国代表团人员到达国际大学参与筹建印度的中印学会。并于当月 18 日请泰戈尔给戴季陶去信对建立中国学院提出具体建议。
8 月 19 日	作为中方代表参加在泰戈尔的住所举行的印度的中印学会成立大会。
9 月 22 日	经泰戈尔指导并与国际大学的同仁们商量，制订了创建中国学院的计划，由泰戈尔批准。
10 月	谭云山带计划返回国内，报告印度进展情况，并带回泰戈尔给戴季陶、林森、居正和蔡元培的信。
11 月 30 日	三子谭立诞生于上海。
1935 年	马来西亚华侨作家林参天以谭云山为原型的小说《浓烟》由生活书店出版。该作品被誉为“马华文学史上最早的一部长篇小说，也是战前出版的唯一的长篇，同时还是反映华侨教育的小说的滥觞”。20 世纪 50 年代，新加坡青年书局把它列为《南方文丛》之一出版，2005 年又以

	简体字再版。
	《印度丛谈》由申报月刊社出版；甘地著、谭云山译的《印度自治》由商务印书馆出版。
5 月 3 日	中国中印学会正式在南京宣告成立。学会推选当时的中央研究院院长蔡元培先生为理事长，戴季陶为监事长。谭云山担任秘书，负实际事务责任。
1936 年春	返国际大学，并将筹集的 10 万多册图书运到印度，开始动工修建中国学院的建筑。
7 月 4 日	第四个孩子、长女谭文诞生于长沙。
	《圣哲甘地》由正中书局出版。
1937 年	出版英文著作两种：《印度与中国的文化交流》（*Cultural Interchange Between India and China*）和《今日中国的佛教》（*Buddhism in China Today*）。
4 月 14 日	中国学院举行揭幕典礼，泰戈尔亲自主持。谭云山担任中国学院院长，开始展开中印学术研究活动。
11 月 23 日	尼赫鲁写信给谭云山告知国大党全国委员会做出了抵制日货的决定。
1938 年	出版英文著作《中国的宗教是什么》（*What Is Chinese Religion*）。
1938 年 4 月	谭云山回国述职，筹划中国学院今后的工作，再次筹集一些捐款和赠书，并促成教育部设立奖学金。
4 月 10 日	尼赫鲁写信给谭云山，要他把印度全力支持中国抗战的信息转告中国人民。
4 月 23 日	印度国大党主席鲍斯写信给谭云山转告国大党支持中国抗战的决议。
7 月 9 日	在武昌向蒋介石述职，并转交泰戈尔信件，报告印度各

	界支持中国抗战的情况。
8 月 20 日	出席陶鸄学校校务设计讨论会并演说，演说中详细介绍了自己对人生的认识，注重在一个“公”字和一个“行”字。
12 月 9 日	以中印学会的名义接待印度援华医疗队，并为医疗队队员取中国名字。
1939 年 5 月 4 日	在陶鸄学校“五四”纪念旬会上发表演讲。他希望陶鸄学校师生一要“记住”五四的历史，二要“反省”五四以来的缺点，三要“努力”（开展）今后的爱国运动。
年中	携夫人陈乃蔚及子女谭立、谭文回到圣蒂尼克坦。 安排尼赫鲁访华事宜。
8 月 18 日	电告重庆尼赫鲁抵渝日期。
1939 年冬 至 1940 年 11 月	应泰戈尔和谭云山邀请，徐悲鸿到国际大学担任客座教授。
1940 年元月	促成由太虚法师率领的中国佛教代表团访印。从代表团 1 月 11 日自加尔各答进入印度的第一天起，一直到他们 2 月 23 日离开印度进入锡兰止，谭云山两个多月全程陪同，直到 3 月 11 日才依依惜别。太虚法师的访问促成了滇缅公路的重新开通。 用英文和其他印度文字在许多印度报刊上发表《中国与欧洲战争》一文。文中指出，当日本嚣张地威胁英、法在远东的利益时，英、法政府却极力对日本侵略者采取妥协。而“不管在任何情况下，不管遇到什么困难，中国决不会停止抵抗，一直到日本主动撤退，或者被无情地消灭为止”。
8 月 5 日	第五个孩子、次女谭元诞生于圣蒂尼克坦，泰戈尔为她

取名 Chameli（嘉美丽，“茉莉花”的意思）。

1940 年 11 月　促成中国政府考试院院长戴季陶回访印度，并为 1942 年蒋介石出访印度和中印互派使节做先期准备工作。在访问中，安排戴季陶会见甘地。

1941 年 8 月 7 日　泰戈尔逝世，谭云山为中印学会及中国当局代献花圈，表达最后敬意，并撰文表示自己对泰翁的敬仰。

1942 年　出版英文著作三种：《印度对中国文化的贡献》（*India's Contribution to Chinese Culture*）、《印度的中国研究》（*Chinese Studies in India*）、《我献身给师尊泰戈尔》（*My Dedication to Gurudeva Tagore*）。

1942 年 2 月　中国元首、盟军东战场总司令蒋介石携夫人访印，谭云山安排尼赫鲁在圣蒂尼克坦与蒋氏夫妇会面，并到加尔各答会谈。

蒋介石夫妇参观中国学院并捐款扩建。

3 月 7 日　《良心的呼吁》发表于印度所有主要报纸，在印度朝野造成了很大的影响，中国人民的抗战获得了印度各阶层人民广泛的支持和同情。

4 月 3 日　第六个孩子、四子谭吉（印度名 Aujit）诞生于圣蒂尼克坦。

1943 年 8 月 6 日　第七个孩子、五子谭同（印度名 Arjun）诞生于圣蒂尼克坦。

1944 年　出版英文著作三种：《国际大学中国学院》（*The Visva-Bharati Cheena-Bhavana*）、《现代中国》（*Modern China*）、《中国、印度与第二次世界大战》（*China, India and the War*）。

促成当时担任贝纳勒斯印度教大学校长、后来担任印度

		共和国第二任总统的拉达克里希南到重庆等地讲学。
1945 年		抗战胜利后，回国述职并接受胜利勋章。
		敦请中国教育部当局设立奖学金，鼓励印度学者前往中国研究汉学，同时派遣留学生赴印度留学，增进了中印文化的交流。
1947 年 8 月		携夫人及最小的女儿和儿子回国，在湖南长沙创办大同学校。
1948 年	1 月 30 日	甘地被偏执的印度教徒开枪刺杀，谭云山在南京组织了隆重的追悼会，蒋介石亲自主持，中国国民政府的所有要员都参加。谭云山个人向印度发去了吊唁电报，并绝食一天表示悼念。
		回圣蒂尼克坦继续工作，被中国政府任命为“文化专员”。
	8 月 26 日	尼赫鲁总理写信给谭云山，祝贺他担任中国“文化专员”。
1949 年		出版英文著作三种：《印度与中国文化的精神》（*The Spirit of Indian and Chinese Culture*）、《世界大同与亚洲联合》（*Great World Union and Union of Asia*）、《中印文化的“不害”精神》（*Ahimsa in Sino-Indian Culture*）。
	5 月	回国接夫人和三个小儿女回印度。
1950 年		出版英文著作两种：《中印关系》（*Sino-Indian Relationship*）、《通往和平之道》（*Ways to Peace*）。
	1 月 26 日	以印度知名人士和中国人民、中国文化的代表身份应邀参加印度共和国开国大典。
	1 月 29 日	在总统府拜谒印度共和国首任总统普拉萨德。
		写信给故人毛泽东主席，提出三点建议。
1952 年		出版英文著作：《中国语文及文学的历史》（*The History of Chinese Language and Literature*）。

1956 年 9—12 月	应周恩来总理邀请携女儿谭文回国观光，在北京与毛泽东主席、周恩来总理长谈。
1957 年	出版英文著作两种：《觉醒：圣哲奥罗宾多对世界的启示》（*Awakening of Consciousness: Sri Aurobinto's Message to the World*）、《国际大学中国学院二十周年》（*Twenty Years of Visva-Bharati Cheena-Bhavana*）。
1957 年 1 月	周恩来总理到圣蒂尼克坦接受国际大学荣誉学位，参观中国学院并捐款，热情赞扬谭云山“为促进中印文化交流所做出的不懈努力”。
2 月 17 日	在政协第二届全国委员会常务委员会第 34 次会议上被增选为全国政协委员。
1958 年 2 月 20 日	和夫人在新德里拜会普拉萨德总统。
1959 年 9 月 5 日	回国观光前特别要求再度拜会普拉萨德总统，以期在两国领导人之间化解中印之间紧张关系。
9—12 月	再次回国观光，被周恩来总理在北京数度接见，讨论中印关系，并受委托向尼赫鲁转达中国方面关于解决中印边界问题的一揽子方案的建议。
1960 年	尼赫鲁总理在国会办公室接见谭云山，讨论中印关系，印度外交部副部长钱达在座。
1962 年 12 月 24 日	尼赫鲁总理在圣蒂尼克坦国际大学年会上演讲，要大学师生记得有中国学院和谭云山这样的学者，印度“现在和将来都不会与中国的文化或者中国的伟大开战”。
1967 年	从国际大学退休，获得终身名誉教授殊荣。
1970 年	参加在菩提伽耶（即菩提场）举行的“全印国际佛教僧伽大会”。即席宣布要在菩提场释迦牟尼的成道处兴建一所“世界佛学苑”，作为全世界研究佛学与弘扬佛教

	与佛法的中心。
1973 年	开始筹建世界佛学苑，到中国香港、新加坡等地募款。
1979 年 12 月	接受国际大学授予最高荣誉——文学博士荣誉学位。
1980 年 3 月 4 日	夫人陈乃蔚逝世于圣蒂尼克坦。
1983 年 2 月 12 日	逝世于菩提伽耶的中华大觉寺。这一天正好是中国阴历的大年三十。
2 月 22 日	印度总理英迪拉·甘地夫人发出吊唁信，称谭云山“是位伟大的学者，是真实的文化人”，“对增进印度和中国两大文明之间的了解做出了巨大贡献”。

附录二　谭中生平大事记

1929年4月18日	生于马来西亚柔佛邦巴株巴辖市。
7月	随父母亲到印度和平乡拜谒印度大文豪泰戈尔，泰戈尔给谭中赐名 Ashoka（阿输迦，即阿育王）。
1930年	随母亲回国。
1936年	在长沙就读于湖南第一师范附小。
1937至1938年	就读于长沙北门外枫林小学。
1939至1940年	就读于湖南湘乡陶龛小学。
1941至1943年	就读于湖南安化兰田长郡中学（初中）。
1944至1947年	就读于国立师范学院附属中学（高中），先在湖南溆浦县，后在湖南衡山南岳镇。
1948年	入上海交通大学就读。
1949至1950年	参加中央团校第二期第17班（先在湖北良乡，后在北京）。
1949年10月1日	到北京天安门广场观看开国典礼。
1950至1953年	回到上海交通大学。
1954年11月	与黄绮淑结婚。
1954年12月	出国到印度和父母团聚。
1955年1月	到达印度西孟邦和平乡国际大学。
1957年12月	获得国际大学学士学位。
1958年9月	在印度西海岸印度国防学院担任中文讲师。

1960 至 1963 年	在印度国防部外国语学校担任讲师。
1962 年	德里大学历史系硕士毕业。
1964 年 6 月	加入德里大学担任中文讲师，主管中国研究中心。
1964 年 9 月	与夫人黄绮淑共同开办德里大学中文班。
1971 年	获得德里大学历史系博士学位。
1971 年	升任德里大学中文副教授兼中国研究系（后扩充为中日研究系）主任。
1973 年	参加法国巴黎举行的第 29 届国际东方学者大会。
1976 年	撰写英文书《中国与勇敢新世界：鸦片战争的起因》（*China and the Brave New World: A Study of the Origins of the Opium War*），同时在印度和美国出版，驳斥西方歪曲历史、掩盖英国国际贩毒的罪行、把鸦片战争归咎于林则徐禁烟运动的观点。这本书在国际学术界产生一定影响。 参加墨西哥城第 30 届国际东方学家大会，被选为学术委员会委员。
1978 年	加入印度尼赫鲁大学为中文教授（在尼赫鲁大学先后担任过亚非语文系主任和东亚语文系主任）。
1980 年	参加由中国社会科学院和北京大学的南亚研究所以及斯里兰卡道路研究所在北京举办的南亚会议。
1985 年	参加在新疆乌鲁木齐举办的敦煌吐鲁番讨论会。 撰写英文书《海神与龙：19 世纪与帝国主义》（*Triton and Dragon: Studies on Nineteenth-Century China and Imperialism*）在印度出版，这本书驳斥了西方歪曲中国历史，在印度学术界很有影响。 被聘为斯堪的纳维亚亚洲研究所（Scandinavian Institute

	of Asian Studies）访问学者，到丹麦、瑞典、挪威的 8 所大学讲演。
1990 年	受聘为英迪拉·甘地国立艺术中心的教授顾问，主持其东亚研究。
	陪同英迪拉·甘地国立艺术中心创办主任瓦赞嫣博士参观敦煌莫高窟并且参加敦煌研究所举办的国际研究会。
1992 年	参加台北故宫博物院在台北举办的国际研讨会。
1994 年	从尼赫鲁大学退休，继续担任英迪拉·甘地国立艺术中心教授顾问。
	受邀为印度外交部刊物《印度地平线》客串编辑《印度与中国》特刊。
	编撰并出版《敦煌艺术：段文杰的观察》（*Dunhuang Art: Through the eyes of Duan Wenjie*）。
1997 年	被推选为印度历史大会印度以外国家组的主席。
1998 年	编撰并出版《跨越喜马拉雅鸿沟：印度寻求了解中国》（*Across the Himalayan Gap: An India Quest for Understanding China*）。
	撰写和出版《踏着玄奘的脚印：谭云山与印度文化》（*In the Footsteps of Xuanzang:Tan Yunshan and Indian Culture*）。
	出版中文书《谭云山与中印文化交流》（香港中文大学出版社）。
2003 年	出版中文书《心灵的藻井》（介绍并翻译印度诗人 Sitakant Mahapatra 的 38 首新诗，文化艺术出版社）。
2004 年	被邀请到十八届亚洲历史学家年会上作特别讲演。
	被邀请在第三次戴辛格纪念讲座 Deshingkar Memorial

	Lecture 上讲演（新德里）。
	和耿引曾合著中文版《印度与中国：两大文明的交往和激荡》。
2005 年	《印度与中国：两大文明的交往和激荡》英文版在新德里由 Centre for the Studies in Civilizations（文明研究中心）出版。
2006 年	《印度与中国：两大文明的交往和激荡》中文版由商务印书馆出版。
	出版《文明透镜看万花筒世界》（海峡学术出版社）
2007 年	出版《CHINDIA 中印大同：理想与实现》（与刘朝华、黄蓉合编）（宁夏人民出版社）
2008 年	出版《从世界窗口看神州返老还童》（新加坡青年书局）
2010 年	获得印度国家二等莲花奖。
	在新德里接受访问印度的中国总理温家宝颁发的中印友好贡献奖。
2011 至 2012 年	主编《泰戈尔与中国》中英文版（中央编译出版社 2011 年版，印度 SAGE 出版社 2012 版）。
2013 年	被国际大学授予最高名誉学位。
2014 年	在新德里与访问印度的习近平主席团体合影。
2015 年	在第六届世界中国学论坛获得特殊贡献奖。
	撰写的《喜马拉雅呼唤：中国与印度的起源》（*Himalaya Calling: The Origins of China and India*）在新加坡出版。这本书受到印度政坛重视。
	和美国纽约新学院大学凌焕铭教授合编《海外华人与中国梦》中英文合订本，由中央编译出版社出版。

2017 年	由新世界出版社出版中英文版《简明中国文明史》。
2019 年 12 月	在中国荣获“中华之光”人物奖。